강경애를 읽다

강경애를 읽다

전국국어교사모임 지음

머리말

왜 강경애를 읽는가? 이 책을 집어 든 독자라면 떠올릴 법한 질문이다. 그녀의 이름도, 얼굴도, 작품도 아직은 낯선 탓이다.

> 이것이 정말로 사람 사는 세상일까? 그렇게 생각하자, 무언가를 붙잡고 하소연하고 싶은 격한 감정을 가눌 길이 없었다.
>
> 강경애, 〈장산곶〉에서

일제강점기에 간도라는 지역에서 활동했던 작가 강경애는, 이 것이 정말 사람 사는 세상인지 외치며 '격하게' 글을 쓴다. 그녀의 글을 읽고 있자면, 격하게 슬프고, 비참하고, 불쌍하고, 화가 난 다. 그녀가 격하게 보여주는 참담한 장면들은 트라우마처럼 뇌리에 박혀 '이것이 정말로 사람 사는 세상일까?' 하는 질문을 하게 한다.

여기서는 그녀의 단편소설 〈소금〉, 〈지하촌〉, 〈어둠〉을 담았다. 가장 낮은 곳에서 가장 비천한 사람들과 살아갔던 그녀의 격한 글은 자신의 생애와 맞닿는 지점에서 진실성을 획득하며, 세상의 모순을 깊이 파헤친 곳에서 보편성을 획득한다.

이 책은 강경애 소설을 먼저 접한 선배가 강경애 소설을 접할 후배들에게 강경애 소설을 좀 더 쉽게 만날 수 있도록 안내하는 책이다. 끊임없는 반복되는 노동에도 돈은 저 멀리 달아나고, 인심은 점차 각박해지며, 여성 문제는 늘 비슷한 형태로 되풀이되어 잔류하는 1930년대 식민지 공간을 체험하고, 더불어 현대를 살아가는 우리 자신의 모습 또한 발견하는 행운을 얻길 바란다.

박윤선

차례

01

강경애의
삶과
작품
세계

강경애의
삶

가난한 도토리 소설쟁이

강경애는 1906년 4월 20일 황해도 송화에서 태어났다. 그녀가 네 살이 될 무렵 아버지가 죽고, 그녀와 어머니는 솔가지 껍질을 벗겨 먹으며 허기를 달랠 정도로 빈궁한 생활에 접어든다. 그 이듬해 개가한 어머니를 따라 그녀는 장연에서 유년기를 보내게 된다. 환갑이 넘었으며 몸이 불편한 의붓아버지와 그의 자식들과 지낸 시간은 그녀에게 가난과 불행의 기억으로 남은 듯하다.

일찍이 아버지를 잃은 나는 다섯 살에 의붓아버지를 섬기게 되었으며, 의붓아버지에게는 소생 아들딸이 있었으니, 그들이 어찌나 세차고 사납던지, 거의 날마다 어린 나를 때리고 꼬집고 머리를 태를 뜯어서 도저히 나는 집에 붙어 있을 수가 없었다. 그래서 어머니만 빨래나 혹은 어디 볼일로 집에 안 계시면 언제나 쫓겨나서 울 뒷산에 올라 망연히 어머님이 오시기를 기다리곤 하였다. 삼십을 넘은

11

나의 눈엔 아직도 어머니가 돌아오실 그 길이 아련히 남아 있다.

〈자서소전〉에서

강경애는 의붓아버지가 읽던 《춘향전》을 보며 한글을 깨쳤으며, 《삼국지》, 《옥루몽》, 《조웅전》, 《숙향전》 등 고전소설을 섭렵했다. 그리고 동네 사람들에게 소설을 읽어주어 '도토리 소설쟁이'라는 별명을 얻게 된다. 소학교에 입학한 뒤부터는 자신이 직접 창작한 소설을 읽어주는 데까지 발전하는 '소설쟁이'로서의 진면모를 보이게 된다.

가난을 딛고, 문학을 품은 여학생으로

학생이 된 강경애를 뒤따르는 건 여전한 가난이었다. 수업료, 학용품값 등을 마련할 수 없어 늘 부끄럽고 조마조마한 마음으로 학교를 다녔다.

내일처럼 학기 시험을 치겠는데도 종이, 붓이 없구나. 그래서 생각다 못해서 나는 옆의 동무의 것을 훔치었다가 선생님한테 얼마나 꾸지람을 받았겠니. 그러구 애들한테서는 "얘! 도적년 도적년." 하는 놀림을 얼마나 받았겠니.

〈원고료 이백 원〉에서

그러나 강경애는 가난 앞에서도 자신을 잃지 않았다. 형부의 도움으로 평양 숭의여학교에서 공부하며 독서회에서 활동하는 등 적극적으로 배움의 길을 모색했다. 또한 그녀는 틀에 박힌 기독교 교육과 엄격한 기숙사 생활에 반발하며 '동맹휴학'에 참가했는데, 이를 이유로 학교에서 퇴학을 당하게 된다. 강경애는 이에 굴하지 않고 서울로 올라와 동덕여학교 3학년에 편입한다. 이곳에서 1년간 공부하며, 작가가 되기 위한 지적인 기반을 마련하고 자신만의 세계를 형성하는 데 매진한다.

문학과 연애하다

그녀가 익숙한 고향을 떠나 서울로 이주하게 된 배경에는 그녀의 연인이었던 양주동의 영향이 컸다. 장연에서 양주동의 문학 강연이 열린 어느 날 밤, 강경애는 양주동을 찾아와 이렇게 말한다.

> "선생님 나 영어 좀 가르쳐줘요! 그리고 시도, 문학도. 전 중학교 3년생. 아무것도 아직 몰라요. 그러나 문학적 소질은 담뿍 가졌으니 좀 길러주세요."
>
> 양주동, 《청사초 - 문학소녀 K의 추억》에서

문학에 대한 열정으로 가득 찬 문학소녀 강경애는, 이듬해 봄

양주동을 따라 서울로 온 뒤 그가 주관하던 금성사에서 같이 기거하며 문학을 본격적으로 공부한다. 이 시기에 그녀는 여러 문예 사조와 이론, 작품을 섭렵했으며, '강가마'라는 필명으로 짧은 시를 발표하기도 하고 단편소설을 완성하기도 한다. 하지만 이들의 연애는 세 계절을 넘기지 못했고, 그해 가을 강경애는 양주동과 결별한 뒤 장연으로 돌아오게 된다.

식민지 모순의 중심부, 간도에서

1924년 말 장연으로 돌아온 강경애는 본격적으로 문학 수업과 독서, 습작에 전념한다. 홀어머니에게 얹혀살며 궁핍한 생활을 이어갔지만, 문학에 대한 그녀의 열망은 뜨겁고 단단했다.

> 문예란 말만 들어도 나는 입을 헤 하고 벌리던 그때라 신문이나 잡지권을 애써 얻어 들여 가지고는 시간 가는 줄을 모르고 붙잡고 있다. 어머님은 나의 이러한 행동에 불만하셔서 항상 꾸지람을 하시며, 일감을 내놓아 나로 하여금 책을 보지 못하게 한다. 나는 간간이 어머님과 대항을 하다가도 못 이겨서, 잡히지 않는 바늘을 쥐고 일을 하는 체한다. 그러나 어머님이 밖으로 나가시면 옷감을 구석으로 밀어 던지고 또다시 책을 든다.
>
> 〈고향의 창공〉에서

그녀는 가난한 아동들을 위한 '홍풍야학교'를 개설해 직접 학생들을 가르치기 시작했다. 또한 '근우회'라는 단체에 소속되어 활동했는데, 근우회는 '반일제, 반봉건'을 내걸고 여성 대중의 정치의식을 끌어올리기 위한 계몽 운동을 전개하곤 했다. 강경애의 글에서 드러나는 여성 문제와 그에 대한 문제의식은 근우회의 기치와 연결되어 있다고 할 수 있다.

이후 강경애는 만 1년간 간도를 떠돌아다니며 방랑했고, 남편 장하일을 만나 간도 용정에 정착한다. 간도는 항일 사회주의 운동이 활발하게 이루어지는 곳이자, 식민지 자본주의의 착취로부터 쫓겨온 조선 민중들이 다시 중국인 지주의 소작농으로 전락해 궁핍하게 살아갔던 공간이다. 시대의 모순을 떠안고 있는 이 공간에서 강경애는 일제의 폭압과 이산(離散) 백성이 겪는 시대상을 직접 체험하며 이를 증언하는 일에 힘쓰게 된다.

작가로서의 전성기와 이른 죽음

강경애의 소설 대부분은 1931년부터 1939년까지 약 8년 정도의 기간 동안 집중적으로 창작되었다. 또한 그 대부분이 간도에서 창작되었으며 간도를 배경으로 한다. 그 당시 조선의 문화 중심지는 말할 것도 없이 경성(서울)이었다. 당시의 많은 작가들이 서울에서 활발하게 문단 활동을 전개했지만, 문단의 변두리에 있던 강경애는 간도에서의 체험을 바탕으로 한 자신만의 작품 세계를 견고히 만들어간다. 어쩌면 이러한 환경이 다른 작가들과 구별되는 강경애만의 독특한 정체성을 만들었다고 볼 수 있다.

강경애가 구성한 인물들은 시대의 고통 앞에서 자신의 환부를 모두 드러낸 채 피를 철철 흘리며 독자를 노려보고 있다. 섬뜩한 나머지 감히 책장을 넘길 수 없게 만드는 이러한 힘은 그녀의 절실한 체험에 바탕을 두고 있기 때문이리라. 가난했던 어린 시절부터 "극단과 극단으로 중간성을 잃어버린"(강경애, 〈이역(異域)의 달밤〉) 간도라는 잔인한 공간에서의 생활까지, 모두 그녀의 피부로 직접 감각되고 탐구된 시간임이 작품 곳곳에서 드러난다.

강경애는 자기가 지금 장편소설 《인간문제》를 집필하고 있는 중이라는 것이었다. 집필하는 외 여가만 있으면 공장에도 가보고 독립운동에 참가한 사람도 만나본다고 했다.
"내 창작의 원천은 하층 사람들의 생활 속에 있지요." 강경애는 이렇게 말했다.

최형순, 〈'북향'과 강경애〉에서

이러한 강경애의 작품은 일제의 검열로 제대로 알려지지 못했으며, 서울을 중심으로 한 문단과의 거리로 인해 오랜 기간 빛을 보지 못했다. 건강이 악화되어 투병하던 중 1944년 4월 26일, 38세의 나이로 강경애는 생을 마치며 쓸쓸하고 조용히 문단에서 자취를 감추게 된다.

　그러나 감추지 못할 밝은 빛이었던 강경애의 작품은, 그녀의 사후에 정당한 평가를 받기 시작한다. 그녀의 작품이 단행본으로 출간되기 시작하고, 2007년엔 남북 첫 공동 논문집인 《강경애, 시대와 문학》이 출간되기도 했다. 간도 용정 비암산에 있는 '강경애 문학비'에 새겨진 문장은 그녀를 추념하기에 좋은 문장이다.

　최하층 인민들의 생활을 동정하고 올곧은 문학 정신으로 간악한 일제와 그 치하의 비정과 비리에 저항하면서 여성 특유의 섬세하고 부드러운 언어로 아름다운 문학 형상들을 창조한 우리 현대문학의 대표적인 여성 작가다.

강경애의
작품 세계

강경애는 간도에서 약 8년간, 민중을 위한 글쓰기를 묵묵히 수행해 나간다. 그녀는 일제의 식민 지배를 받던 시기에 사회의 가장 낮은 곳에서 호흡하고 있는 하층 노동자, 농민, 여성의 숨결을 치열하게 담아낸다.

오냐 작가로서의 사명이 뭐냐. 이 현실을 누구보다도 똑똑히 보고 또 해부하여 가지고 작품을 통하여 일반 대중에게 나타내 보이는 데 있는 것이 아니냐. 예술이란 그 자체가 민중의 생활과 분리되는 데 무슨 가치가 있으랴.

《어촌점묘》에서

간도 지역은 어찌 보면 소수의 체험 공간일 수 있다. 하지만 이 공간이 '민족의 수난'으로 읽히는 이유는, 일제의 잔혹한 지배가 적나라하게 드러났던 공간이자 치열한 저항의 장소로 인식되기 때문이다. 그렇다면 간도에서는 도대체 무슨 일이 벌어졌던 것일까? 강경애의 작품 전반에 어둡게 깔려 있는 시간적 배경에 대해 조금 더 알아보도록 하자.

강경애가 머물렀던 수상한 시절

그들이 바가지 몇 짝을 달고 고향서 떠날 때는 마치 끝도 없는 망망한 바다를 향하여 죽음의 길을 떠나는 듯 뭐라고 형용하여 아픈 가슴을 설명할 수 없었다. 그러나 불행 중 다행으로 이곳까지 와서 어떤 중국인의 땅을 얻어 가지고 농사를 짓게 되었으나 중국 군대인 보위단(保衛團)들에게 날마다 위협을 당하여 죽지 못해서 그날 그날을 살아가곤 하였다. 그러기에 그들은 아침 일어나는 길로 하늘을 향하여 오늘 무사히 보내기를 빌었다.

〈소금〉에서

강경애가 발붙이고 살았던 간도, 넓게 보면 만주 땅은 어떤 곳이었을까? 한 가지 확실한 건, 그곳은 조선인들에게 결코 희망과 기회의 땅은 아니었다. 1931년 만주사변을 시작으로, 1932년 만주국을 세운 일제는 이 지역을 통치하기 위한 대대적인 토벌 작전을 벌인다. 항일 무장 조직은 이에 맞서 치열하게 항거했으며, 일제는 '치안숙정 공작'이라는 명분으로 대대적인 토벌 작전을 감행해

20

간도 지방의 항일 공산주의 운동의 숨통을 끊으려 했다. 일제가 조직한 자위단과 중국 군대인 보위단, 그리고 공산당의 이름을 건 항일유격대 간의 숨 막히는 접전이 계속되는 가운데, 간도 이주민들은 매 순간 생존과 죽음의 기로에 놓여 있었다. 토벌 작전이 어느 정도 성과를 거두자 일제는, 간도 지방의 자원과 노동력을 착취해 아시아를 손아귀에 넣기 위해 시동을 걸기 시작한다.

강경애는 이 시기에 간도를 방랑하며 조선 민중의 위태로운 삶과 항일유격대의 모습을 가슴에 담는다. 북한 측 자료를 참고하면(이상경,《강경애 – 문학에서의 성과 계급》에서 재인용), 강경애가 간도에서 항일유격대에 감명을 받고 유격대에 들어가려고 한 일도 있다고 한다. 갖은 고초를 직접 겪으며 체험한 간도에서의 삶은, 그녀의 작품에 지대한 영향을 주었음을 짐작하게 한다.

항일유격대를 향한 관심

항일유격대와 관련된 서사는 강경애의 소설에서 빈번하게 등장한다. 〈파금〉에서는 지식인인 주인공이 항일유격대에 참여하는 과정이 그려지며, 〈소금〉에서는 주인공 남편이 항일유격대에 의해 목숨을 잃어 비참하게 살아가던 중 여러 수난을 통해 항일유격대에 대한 주인공의 인식이 전환되는 과정이 드러난다. 〈어둠〉에서는 일제에 항거하는 과정에서 목숨을 잃은 독립운동가와 남은 가족들의 고통, 그리고 그 가족들이 몰락해 가는 과정이 생생하게 묘사된다.

당시 일제는 항일유격대를 '공비(共匪)'라고 칭하며 치안을 혼란하게 하는 패거리라는 이유로 소탕하고자 했다. 조선 민중들도 그렇게 믿는 경우가 있었다. 강경애는 항일유격대와 관련된 인물과 사건을 작품 속에 형상화하는 것으로, 일제에 의해 매도된 항일유격대의 이미지를 바로잡고 그 진정한 모습을 알리고자 부단히 노력했다.

빈궁(貧窮)의 문학

강경애의 소설에 대해 말할 때 가장 빈번하게 언급되는 것은 '빈궁의 문학'일 것이다. 가난을 극단으로 밀어붙여 처참한 지경에 이르는 장면들은 독자를 심히 불편하게 한다. 그런데 그 불편함 속에서, '인간 문제'의 속살이 드러난다. 처참하게 구멍 난 인간 문제의 깊은 수렁에서 독자는 어디서부터 잘못되었는지, 무엇이 문제인지를 되짚어 보게 된다.

돈을 벌기 위해 남의 자식에게 '젖유모' 노릇을 하다 친자식을 잃은 어머니, 부잣집에 첩으로 팔려가는 처녀를 부러워하는 여인들, 상처에 쥐 가죽을 약이랍시고 붙였다가 덧난 곳에서 아글바글 떨어지는 쌀알 같은 구더기들, 다리 사이에 축 늘어진 채 정체 모를 물이 줄줄 흐르는 방치된 살덩이…….

이러한 처참한 광경 속에서, 《인간 문제》나 〈소금〉과 같은 작품은 미래에 대한 전망을 이야기한다. 봉건적 가치에 순응했던 인물들이 계몽되는 과정을 통해, 문제를 해결할 수 있는 민중의 힘과 투쟁 의지를 밝힌다. 그러나 후기 소설로 접어들면서 강경애는 절박한 인생 자체를 보여주는 경향을 보이기도 한다. 살고자 발버둥치는 몸부림이 오히려 인물을 생명과는 먼 곳으로 이끌어가는 참상을 묘사하는 것으로 현실을 명징하게 드러내 보인다.

강경애의 이러한 성취는 '간도 문학이 이룰 수 있는 최고의 리얼리즘 소설'이라는 평가를 받는 동시에, '서사력을 잃고 묘사의 차원에만 치우쳤다.'라는 평가를 받기도 한다. 두만강을 건너 낯선 이국땅으로 넘어온 이들에게 두 번째 기회는 없었다. 이들은 자신의 인생을 걸고 배수의 진을 친 것이다. 작은 것 하나 쉽게 내어주지 않는 지독한 현실의 벽 앞에서 피와 눈물의 역사를 그려내며, 그녀는 절실한 묘사 외에 다른 방도를 생각해 내기 어려웠으리라.

여성의 몸과 여성 문제

"전에부터 말 있는 그 집에서 왔다는데, 넌 정 모르기 쉽겠구나. 입

에서 무슨 장사를 한다나 꽤 돈푼이나 있다더라. 한데, 손을 이때
까지 못 보았다누나, 해서 첩을 여남은 사람 넘어 얻었으나 이때까
지 못 낳았단다. 에그 그런 집에나 태어나지."

〈지하촌〉에서

강경애는 식민지 시기 여성의 몸에 주목한다. 그녀가 그린 간도
지방의 식민지 백성들은, 죽도록 노동하지만 정당한 대가를 받지
못한 채 착취당한다. 여기에 더해, 여성들은 그녀들의 생계를 쥐
고 있는 남성에게 성적으로 착취당하거나 가정 안에서 하위 주체
로서 자아를 훼손당하고 침범당하면서도 이를 '모성'이라는 이름
으로 숭고히 여김받는다.

비참하기 이를 데 없는 여성들의 몸을 그리며, 강경애는 초기
소설에서 여성 해방에 대한 희망을 역설한다. 절대적인 생명력을
지닌 '모성'이야말로 모든 문제를 극복할 수 있는 열쇠임을 강조
하거나, 여성이 경제 활동의 주체가 되어 경제적인 개변(改變)이
일어날 것을 기대하는 것이다. 그러나 후기 소설에서는 그 무엇도
해결될 수 없는 여성의 문제가 비참하게 묘사될 뿐이다. '식민지
근대'라는 시공간 속에서 여성의 개성이나 주체성을 논하는 것은,
이중 삼중의 착취를 가하는 폭력적인 현실에서 가족을 보호하고
살아남아야 했던 여성들의 현실과는 동떨어진 것이었다.

강경애가 그린 여성들은 현대를 살아가는 여성들과도 연결되는

지점이 있다. 〈소금〉의 주인공은 두 아이를 먹여 살리는 동시에 양육해야 하는 어머니이다. 남편을 잃고 갓난아기를 막 출산한 주인공은 '젖유모'를 하며 노동의 대가를 받아 살아가고자 하지만, 노동의 자리로 떠난 어머니의 빈자리엔 방치된 아이들이 죽음의 냄새를 풍기며 남아 있을 뿐이다. 여성이 남성에 의지하지 않고서 노동과 양육을 감당하기란 일제강점기뿐만 아니라 오늘날에도 변함없이 어려운 문제로 남아 있다.

02

강경애
작품
읽기

소금

지하촌

어둠

소금

1. 농가

용정*서 팡둥(중국인 지주)이 왔다고 기별이 와서 남편은 벽에 걸어두고 아끼던 수목 두루마기를 꺼내 입고 문밖을 나갔다. 봉식어머니는 어쩐지 불안을 금치 못하여 문을 열고 바쁘게 가는 남편의 뒷모양을 물끄러미 바라보았다. 참말 팡둥이 왔을까? 혹은 자×단(自×團)*들이 또 돈을 달래려고 거짓 팡둥이 왔다고 하여 남편을 데려가지 않는가? 하며 그는 울고 싶었다. 동시에 그들의 성화를 날마다 받으면서도 불평 한마디 토하지 못하고 터덜터덜 애쓰는 남편이 끝없이 불쌍하고도 가여워 보였다. 지금도 저렇게 가고 있지 않은가! 그는 한숨을 푹 쉬며 없는 사람은 내고 남이고 모두 죽어야 그 고생을 면할 게야, 별수가 있나, 그저 죽어야 해 하고 탄식하였다. 그리고 무심히 그는 벽을 긁고 있는 그의 손톱을

---

* 용정 북간도에 위치한 도시.
* 자×단 자위단(自衛團)을 가리킴. 항일유격대에 저항하기 위해 일제가 조직한 무장 단체.

발견했다. 보기 싫게 기른 그의 손톱을 한참이나 바라보는 그는 사람의 목숨이란 끊기 쉬운 반면에 역시 끊기 어려운 것이라 생각했다.

그들이 바가지 몇 짝을 달고 고향서 떠날 때는 마치 끝도 없는 망망한 바다를 향하여 죽음의 길을 떠나는 듯 뭐라고 형용하여 아픈 가슴을 설명할 수 없었다. 그러나 불행 중 다행으로 이곳까지 와서 어떤 중국인의 땅을 얻어 가지고 농사를 짓게 되었으나 중국 군대인 보위단(保衛團)들에게 날마다 위협을 당하여 죽지 못해서 그날그날을 살아가곤 하였다. 그렇기에 그들은 아침 일어나는 길로 하늘을 향하여 오늘 무사히 보내기를 빌었다.

보위단들은 그들이 받는 바 월급만으로는 살 수가 없으니 농촌으로 돌아다니며 한 번 두 번 빼앗기 시작한 것이 지금에 와서는 으레 할 것으로 알고 아무 주저 없이 백주에도 농민을 위협하여 빼앗곤 하였다. 그러니 농민들은 보위단 몫으로 언제나 돈이나 기타 쌀을 준비해 두지 않으면 목숨이 위태한 것을 깨닫고 아무것도 못 하더라도 준비해 두곤 하였다. 그동안 이어 나타난 것이 공산당이었으니 그 후로 지주와 보위단들은 무서워서 전부 도시로 몰리고 간혹 농촌으로 순회를 한다더라도 공산당이 있는 구역에는 감히 들어오지를 못하게 되었다. 그러나 시국이 바뀌며 공산당이 쫓기어 들어가면서부터 자×단들이 나타나게 된 것이었다.

그는 그의 손톱을 바라보며 몇 번이나 보위단들에게 죽을 뻔하던 것을 생각하며 그나마 오늘까지 목숨이 붙어 있는 것이 기적같이 생각되었다. 그리고 남편을 찾았을 때 벌써 남편의 모양은 보이지 않았다. 그는 멀리 토담 위에 휘날리는 깃발을 바라보며 남편이 이젠 건넛마을까지 갔는가 하였다. 그리고 잠깐 잊었던 불안이 또다시 가슴에 답답하도록 치민다. '남편의 말을 들으니 자×단들에게 무는 돈은 다 물었다는데 참말 팡둥이 왔는지 모르지. 지금이 씨 뿌릴 때니 아마 왔을 게야. 그러면 오늘 봉식이는 팡둥을 보지 못하겠지. 농량°도 못 가져오겠구먼.' 하며 다시금 토담을 바라보았다. 저 토담은 남편과 기타 농민들이 거의 일 년이나 두고 쌓은 것이다. 마치 고향서 보던 성같이 보였다. 그는 토담을 볼 때마다 지금으로부터 사오 년 전 그 어느 날 밤 일이 문득문득 생각났다.

그날 밤 한밤중에 총소리와 함께 사면에서 아우성 소리가 요란스러이 났다. 그들은 얼핏 아궁 앞에 비밀리에 파놓은 움에 들어가서 며칠 후에야 나와 보니 팡둥은 도망가고 기타 몇몇 식구는 무참히도 죽었다. 그 후로부터 팡둥은 용정에다 집을 사고 다시 장가를 들고 아들딸을 낳아서 지금은 예전과 조금도 차이가 없이 살았던 것이다.

팡둥이 용정으로 쫓기어 들어간 후에 저 집은 자×단들의 소유

° 농량 농사짓는 동안 먹을 양식.

가 되었다. 그래서 저렇게 기를 꽂고 문에는 파수병이 서 있었다.

그는 눈을 옮겨 저 앞을 바라보았다. 그 넓은 들에 햇볕이 가득하다. 그리고 조개 같은 새무리들이 그 푸른 하늘을 건너질러 펄펄 날고 있다. 우리도 언제나 저기다 땅을 가져보나 하고 그는 무의식 간에 탄식하였다. 그리고 그나마 간도 온 지 십여 년 만에 내 땅이라고 몫을 짓게 된 붉은 산을 보았다. 저것은 아주 험악한 산이었는데 그들이 짬짬이 화전을 일구어서 이젠 밭이 되었다. 그러나 아직도 완전한 곡식은 심어보지 못하고 해마다 감자를 심곤 했다.

올해는 저기다 조를 갈아볼까, 그리고 가장자리에는 약간 수수도 갈고⋯⋯. 그때 그의 머리에는 뜻하지 않은 고향이 문득 떠오른다. 무릎을 스치는 다방솔밭 옆에 가졌던 그의 밭! 눈에 흙 들기 전에야 어찌 차마 그 밭을 잊으랴! 아무것을 심어도 잘되던 그 밭! "죽일 놈!" 장죽을 물고 그 밭머리에 나타나는 참봉* 영감을 눈앞에 그리며 그는 이렇게 중얼거렸다. 그리고 가슴이 울렁거리며 손발이 가늘게 떨리는 것을 깨달으며 그는 고향을 생각지 않으려고 눈을 썩썩 부비치고 정신을 바짝 차렸다. 그때 뜰 한구석에 쌓아둔 짚 낟가리에 조잘대는 참새 소리를 요란스레 들으며 우두커니 서 있는 자신을 얼핏 발견하였다. 그는 곧 돌아섰다. 방 안은 어지러우며 여기 일감이 나부터 손질하시오 하는 것 같았다. 그는

* 참봉 조선 시대에 여러 관아에 둔 종구품 벼슬.

33

분주히 비를 들고 방을 쓸어내었다. 그리고 군데군데 뚫어진 삿자리* 구멍을 손끝으로 어루만지며 잘살아야 할 터인데 그놈 그 참봉 놈 보란 듯이 우리도 잘살아야 할 터인데……. 하며 그의 눈에는 눈물이 글썽글썽해졌다. 아무리 마음만은 지독히 먹고 애를 써서 땅을 파나 웬일인지 자기들에게는 닥치느니 불행과 궁핍이었던 것이다. 팔자가 무슨 놈의 팔자야 하느님도 무심하지. 누구는 그런 복을 주고 누구는 이런 고생을 시키고……. 이렇게 생각하며 그는 방 안을 구석구석이 쓸었다. 그리고 비 끝에 채어 대구루루 대구루루 굴러다니는 감자를 주워 바가지에 담으며 시렁*을 손질하였다. 이곳 농가는 대개가 부엌과 방 안이 통해 있으며 방 한 구석에 솥을 걸었다. 그리고 그 옆에 시렁을 매곤 하였다. 그가 처음 이곳에 와서는 무엇보다도 방 안이 맘에 안 들고 돼지 굴이나 소 외양간같이 생각되었다. 그리고 어쩌다 손님이 오면 피해 앉을 곳도 없었다. 그러니 멍하니 낯선 손님과도 마주 앉지 않으면 안 되게 되었다. 그러나 시일이 차츰 지나니 낯선 남성 손님이 온다 더라도 처음같이 그렇게 어색하지는 않았다. 그저 그렁저렁 지낼 만하였다. 그리고 반드시 부뚜막 앞에는 비밀 토굴을 파두는 것이다. 그랬다가 어디서 총소리가 나든지 개소리가 요란스레 나면 온

• 삿자리 갈대를 엮어 만든 자리.
• 시렁 마루나 방에 긴 나무 두 개를 박아 그릇이나 물건을 얹어 놓는 것.

식구가 그 움 속에 들어가서 며칠이든지 있곤 하였다. 그리고 옷이나 곡식도 이 움에다 넣고서 시재˙ 입는 옷이나 먹을 양식을 조금씩 꺼내 놓고 먹곤 하였다. 말할 것도 없이 보위단이며 마적단 등이 무서워서 이렇게 하곤 했다.

시렁을 손질한 그는 바구니에 담아둔 팥을 고르기 시작하였다. 고요한 방 안에 팥알 소리만 재그럭 자르르 하고 났다. 팥알과 팥알로 시선이 옮아지는 그는 눈이 피곤해지며 참새 소리가 한층 더 뚜렷이 들린다. 동시에 저 참새 소리같이 여러 가지 생각이 순서 없이 생각났다. 내일이라도 파종을 하게 되면 아침 점심 저녁에 몇 말의 쌀을 가져야 할 것, 오늘 봉식이가 팡둥을 만나지 못해서 쌀을 못 가져올 것, 그러나 나무를 팔아서 사라고 한 찬감은 사오겠지……. 생각이 차츰 희미해지며 졸음이 꼬박꼬박 왔다. 그는 눈을 부비치고 문밖으로 나오다가 무심히 눈에 뜨인 것은 벽에 매달아 둔 메주였다. "참 메주를 내놓아야겠다." 하며 바구니를 밖에 내놓고서 메주를 떼어서 문밖에 가지런히 내놓았다. 그리고 그는 비를 들고 메주의 먼지를 쓸어내었다. 그는 하나하나의 메줏덩이를 들어보며, 간장이나 서너 동이 빼고 고추장이나 한 단지 담그고……. 그러자면 소금이나 두어 말은 가져야지 소금……. 하며 그는 무의식 간 한숨을 푹 쉬었다. 그리고 또다시 고향을 그리며

˙ 시재 지금의 시간.

멍하니 앉아 있었다. 고향서는 소금으로 이를 다 닦았건만⋯⋯. 다리는° 데도 소금 한 줌이면 후련하게 내려갔는데 하였다. 그가 고향 있을 때는 하도 없는 것이 많으니까 소금 같은 데는 생각이 미치지 못하였는지는 모르나 어쨌든 이곳 온 후부터 그는 소금 때문에 남몰래 운 적이 한두 번이 아니었다. 소금 한 말에 이 원 이십 전! 농가에서는 단번에 한 말을 사보지 못한다. 그러니 한 근 두 근 극상° 많이 산대야 사오 근에 지나지 못한다. 그러므로 장 같은 것도 단번에 담그지를 못하고 소금 생기는 대로 담그다가도 어떤 때는 메주만 썩혀서 장이라고 먹곤 하였다. 장이 싱거우니 온갖 찬이 싱거웠다.

끼니때가 되면 그는 남편의 얼굴부터 살피게 되고 어쩐지 맘이 송구하였다. 남편은 입 밖에 말은 내지 않으나 번번이 얼굴을 찡 그리고 밥술이 차츰 느려지다가 맥없이 술을 놓곤 하는 때가 종종 있었다. 이 모양을 바라보는 그는 입안의 밥알이 갑자기 돌로 변하는 것을 느끼며 슬며시 술을 놓고 돌아앉았다. 그리고 해종일 들에서 일하다가 들어온 남편에게 등허리에 땀이 훈훈하게 나도록 홀홀 마시게 국물을 만들어놓지 못한 자기! 과연 자기를 아내라고 할 것인가?

° 다리다 '체하다'의 방언.
° 극상 진짜.

어떤 때 남편은 식욕을 충동시키고자 고춧가루를 한 술씩 떠 넣었다. 그러고는 매워서 눈이 뻘게지고 이마에서는 주먹 같은 땀방울이 맺히곤 하였다. "고춧가루는 왜 그리 잡수셔요." 하고 그는 입이 벌어지다가 가슴이 묵직해지며 그만 입이 다물어지고 말았다. 동시에 음식을 맡아 만드는 자기, 아아, 어떻게 해야 좋을까?

이러한 생각을 되풀이하는 그는 한숨을 땅이 꺼지도록 쉬며 오늘 저녁에는 무슨 찬을 만드나 하고 메주를 다시금 굽어보았다. 그때 신발 소리가 자박자박 나므로 그는 머리를 들었다. 학교에 갔던 봉염이가 책보를 들고 이리로 온다.

"왜 책보 가지고 오니."

"오늘 반공일˙이어. 메주 내놨네."

봉염이는 생글생글 웃으며 메주를 들어 맡아보았다.

"아버지 가신 것 보았니?"

"응. 저, 팡둥이 왔더라, 어머이."

"팡둥이? 왔디?"

이때까지 그가 불안에 붙들려 있었다는 것을 느끼며 가볍게 한숨을 몰아쉬었다.

"어디서 봤니?"

"팡둥 집에서……. 저 아버지랑 자×단들이랑 함께 앉아서 뭘

˙ 반공일 오전만 일을 하고 오후에는 쉬는 날.

하는지 모르겠더라."

약간 찌푸리는 봉염의 양미간으로부터 옮아 오는 불안!

"팡둥도 같이 앉았디?"

봉염이는 머리를 끄덕이며 무슨 생각을 하고 또다시 생글생글 웃었다. 그리고 책보 속에서 달래를 꺼냈다.

"학교 뒷밭에가 달래가 어찌 많은지."

"한 끼 넉넉하구나."

대견한 듯이 그의 어머니는 달래를 만져보다가 그중 큰 놈으로 골라서 뿌리를 자르고 한 꺼풀 벗긴 후에 먹었다. 봉염이도 달래를 먹으며,

"어머니 나두 운동화 신으면……."

무의식 간에 봉염이는 이런 말을 하고도 어머니가 나무랄 것을 예상하며 어머니를 바라보던 시선을 달래 뿌리로 옮겼다. 달래 뿌리와 뿌리 사이로 나타나는 운동화, 아까 용애가 운동화를 신고 참새같이 날뛰던 그 모양!

"쟤는 이따금 미친 수작을 잘해!"

그의 어머니는 코끝을 두어 번 부비며 눈을 흘겼다. 봉염이는 달래가 흡사히 운동화로 변하는 것을 느끼며 어머니 말에 그의 조그만 가슴이 따가워왔다.

"어머니는 밤낮 미친 수작밖에 몰라!"

한참 후에 봉염이는 이렇게 종알거렸다. 그리고 용애의 운동화

를 바라보고 또 몰래 만져보던 그 부러움이 어떤 불평으로 변해 가는 것을 그는 느꼈다. 그의 어머니는 봉염이를 똑바로 보았다.

"그래 네 말이 미친 수작이 아니냐, 공부도 겨우 시키는데 운동화, 운동화. 이애 이애, 너도 지금 같은 개화 세상에 났기에 그나마 공부도 하는 줄 알아라. 아, 우리들 전에 자랄 때에야 뭘. 어디가 물 긷고 베 짜고 여름에는 김매구 그래두 짚신이나마 어디 고운 것 신어 본다드……. 어미 애비는 풀 속에 머리들을 밀고 애쓰는데 그런 줄을 모르고 운동화? 배나 곯지 않으면 다행으로 알아. 그런 수작 하려거든 학교에 가지 마라!"

"뭐 어머이가 학교에 보내우 뭐."

봉염이는 가볍게 공포를 느끼면서도 가슴이 오싹하도록 반항하였다. 그리고 얼굴이 갑자기 화끈하므로 눈을 깜박하였다.

"그래 너의 아버지가 보내면 난 그만두라고 못 할까, 계집애가 왜 저 모양이야. 뭘 좀 안다고 어미 대답만 톡톡 하고, 이애 이놈의 계집애 어미가 무슨 말을 하면 잠잠하고 있는 게 아니라 톡톡 무슨 아가리질이냐! 그래 네 수작이 옳으냐? 우리는 돈 없다……. 너 운동화 사줄 돈이 있으면 봉식이 공부를 더 시키겠다야."

봉염이는 분김에 달래만 자꾸 먹고 나니 매워서 못 견딜 지경이다. 그리고 눈에는 약간의 눈물이 비쳤다.

"왜 돈 없어요. 왜 오빠 공부 못 시켜요!"

그 순간 봉염의 머리에는 선생님이 하던 말이 번개같이 떠오른다. 그리고 그의 가슴이 터질 듯이 끓어오르는 불평을 어머니에게 토할 것이 아님을 깨달았다. 그러나 아무것도 모르고 딸만 그르게 생각하고 덤비는 그의 어머니가 너무도 가여웠다. 그의 어머니는 하도 어이가 없어서 멍하니 봉염이를 바라보았다. 동시에 '없으면 딸 남은 그만두고라도 제 속으로 나온 자식들한테까지라도 저런 모욕을 받누나.' 하는 노여운 생각이 들며 이때까지 가난에 들볶이던 불평이 눈등이 뜨겁도록 치밀어 올라온다.

"왜 돈 없는지 내가 아니, 우리 같은 거지들에게 왜 태어났니, 돈 많은 사람들에게 태어나지. 자식! 흥 자식이 다 뭐야!"

어머니의 언짢아하는 모양을 바라보는 봉염이는 작년 가을의 타작마당이 얼핏 떠오른다. 그때 여름내 농사지은 벼를 팡둥에게 전부 빼앗긴 그때의 어머니! 아버지! 지금 어머니의 얼굴빛은 그때와 꼭 같았다. 그리고 아무 반항할 줄 모르는 어머니와 아버지! 불쌍함이 지나쳐서 비굴하게 보이는 어머니!

"어머니, 왜 돈 없는 것을 알아야 해요. 운동화는 왜 못 사줘요. 오빠는 왜 공부 못 시켜요!"

그는 이렇게 말해가는 사이에 그가 운동화를 신고 싶어 한 것이 잘못이 아니라는 것을 깨달았다. 그리고 무심하게 들어두었던 선생님의 말이 한 가지 두 가지 문득문득 생각났다.

"이애 이년의 계집애 왜 돈 없어. 밑천 없어 남의 땅 부치니 없지. 내 땅만 있으면……."

여기까지 말했을 때 그는 가슴이 뜨끔해지며 말문이 꾹 막혔다.

그리고 또다시 솔밭 옆에 가졌던 그 밭이 떠오르며 그는 눈물이 쑥 삐어졌다. 그리고 금방 그 밭을 대하는 듯 눈물 속에 그의 머리가 아롱아롱 보이는 듯, 보이는 듯하였다.

그때 가볍게 귓가를 스치는 총소리! 그들 모녀는 눈이 둥그레서 일어났다. 짚 낟가리 밑에서 졸던 검둥이가 어느덧 그들 앞에 나타나 컹컹 짖었다.

2. 유랑(流浪)

그들은 마적단과 공산당을 번갈아 머리에 그리며 건넛마을을 바라보았다. 이 마을 저 마을에서 개 짖는 소리가 그들로 하여금 한층 더 불안을 갖게 하였다. 그리고 아까까지도 시원하던 바람이 무서움으로 변하여 그들의 옷가를 가볍게 스친다.

"이애 너 아버지나 어서 오셨으면……. 왜 이러고 있누. 무엇이 온 것 같은데 어쩐단 말이냐."

봉염의 어머니는 거의 울상을 하고 가만히 서 있지를 못하였다. 총소리는 연달아 건너왔다. 그들은 무의식 간에 방 안으로 쫓기어 들어왔다. 이제야말로 건넛마을에는 무엇이든지 온 것이 확실하였다. 그리고 몇몇 사람까지도 총에 맞아 죽었으리라 하였다. 이렇게 생각하고 나니 봉염의 어머니는 속에서 불길이 화끈화끈 올라와서 견딜 수가 없었다. 그러면서도 감히 방문 밖에까지 나오지는 못하였다. 무엇들이 이리로 달려오는 것만 같았던 것이다.

"어쩌누? 어쩌누? 봉식이라도 어서 오지 않구."

그는 벌벌 떨면서 이렇게 중얼거렸다. 암만해도 남편이 무사할 것 같지 않았던 것이다. 더구나 팡둥과 같이 남편이 앉았다가 아까 그 총소리에 무슨 일을 만났을 것만 같았다.

"이애 너 아버지가 팡둥과 함께, 함께 앉았디? 보았니?"

그는 목에 침기라고는 하나도 없고 가슴이 답답해 왔다. 봉염이도 풀풀 떨면서 말은 못 하고 눈으로 어머니에게 대답을 하였다. 그때 멀리서 신발 소리 같은 것이 들려오므로 그들은 부엌 구석의 토굴로 뛰어 들어가서 감자 마대 뒤에 꼭 붙어 앉았다. 무엇들이 자기들을 죽이려고 이리 오는 것만 같았다. 한참 후에,

"어머니!"

부르는 봉식의 음성에 그들은 겨우 정신을 차리고 마주 아우성을 치고도 얼른 밖으로 나오지를 못하였다. 그들이 움 밖에까지 나왔을 때 또다시 우뚝 섰다. 그것은 봉식이가 전신에 피투성이를 했으며 그 옆에 금방 내려 넌 듯한 그의 아버지의 목에서는 선혈이 샘처럼 흘렀다. 그의 어머니는,

"아!"

소리를 지르고 그 자리에 팔싹 주저앉았다. 그다음 순간부터 그는 바보가 되어 멍하니 바라만 볼 뿐이었다. 봉식이는 어머니를 보며 안타까운 듯이,

"어머니는 왜 그러구만 있어요. 어서 이리 와요."

봉염이가 곧 어머니의 팔을 붙들었으나 그는 일어나다가 도로 주저앉으며,

"너 아버지, 너 아버지."

하고 중얼거릴 뿐이었다.

그 밤이 거의 새어 올 때에야 봉염의 어머니는 겨우 정신을 차리고 목을 내어 어이어이 하고 울었다.

"넌 어찌 아버지를 만났니. 그때는 살았더냐. 무슨 말을 하시디?"

봉식이는 입이 쓴 듯이 입맛만 쩍쩍 다시다가,

"살 게 머유!"

대답을 기다리는 어머니의 모양이 난처하여 이렇게 소리치고 나서 한숨을 후 쉬었다. 그리고 항상 아버지가 팡둥과 자×단원들에게 고맙게 구는 것이 어쩐지 위태위태한 겁을 먹었더니만 결국은 저렇게 되고야 말았구나 하였다. 아버지 생전에 이 문제를 가지고 부자가 서로 언쟁까지도 한 일이 있었으나 끝끝내 아버지는 자기의 뜻을 세웠다. 그보다 그의 입장이 그로 하여금 그렇게 하지 않고는 견디지 못하게 하였던 것이다.

아버지 생전에는 봉식이도 아버지를 그르다고 백번 생각했지만 막상 아버지가 총에 맞아 넘어진 것을 용애 아버지에게 듣고 현장에 달려가서 보았을 때는 어쩐지 '너무들 한다!' 하는 분노와 함께 누가 그르고 옳은 것을 분간할 수가 없이 머리가 아뜩해지곤 하였다.

이튿날 아버지의 장례를 지낸 봉식이는 바람이나 쏘이고 오겠노라고 어디로인지 가버리고 말았다. 모녀는 봉식이가 오늘이나 내일이나 하고 돌아오기를 손꼽아 기다리나 그 봄이 다 지나도 돌아오기는 고사하고 소식조차 끊어지고 말았다. 그래서 그들은 기다리다 못해서 봉식이를 찾아서 떠났다. 월여˚를 두고 이리저리 찾아다니나 그들은 봉식이를 만나지 못하였다. 마침내 그들은 용정까지 왔다. 그것은 전에 봉식이가 "고학이라도 해서 나두 공부를 좀 해야지." 하고 용정에 들어왔다 나올 때마다 투덜거리던 생각을 하여 행여나 어느 학교에나 다니지 않는가 하였던 것이다. 그러나 그들 모녀가 학교란 학교 뜰에는 다 가서 기웃거리나 봉식이 비슷한 학생조차 만나지 못하였다. 그들이 마지막으로 TH학교까지 가보고 돌아설 때 봉식이가 끝없이 원망스러운 반면에 죽지나 않았는지? 하는 불안에 발길이 보이지를 않았다. 더구나, 이젠 어디로 갔나? 어디 가서 몸을 담아 있나? 오늘 밤이라도 어디서 자나? 이것이 걱정이요, 근심이 되었다.

˚ 월여 한 달이 조금 넘는 기간.

44

해가 거의 져갈 때 그들은 팡둥을 찾아갔다. 그들이 용정에 발길을 돌려놓을 때부터 팡둥을 생각하였다. 만일에 봉식이를 찾지 못하게 되면 팡둥이라도 만나서 사정하여 봉식이를 찾아 달라고 하리라 하였던 것이다. 그들이 큰 대문을 둘이나 지나서 들어가니 마침 팡둥이 나왔다.

"왔소, 언제 왔소?"

팡둥은 눈을 크게 뜨고 반가운 뜻을 보였다. 봉염의 어머니는 그의 반가워하는 눈치를 살피자 찾아온 목적을 절반이나마 성공한 듯하여 한숨을 남몰래 몰아쉬었다. 팡둥은 봉염의 머리를 내리쓸었다.

"그새 어디 갔어. 한 번 가서 없어서 섭섭했어."

"봉식이를 찾아 떠났어요. 봉식이가 어디 있을까요?"

봉염의 어머니는 가슴을 두근거리며 팡둥을 쳐다보았다.

"봉식이 만나지 못했어. 모르갔소."

팡둥은 알까 하여 맥없이 그의 입술을 쳐다보던 그는 머리를 숙였다. 팡둥은 그들 모녀를 데리고 방으로 들어갔다. 캉(坑)*에 있는 팡둥의 아내인 듯한 나이 젊은 부인은 모녀와 팡둥을 번갈아 쳐다보며 의심스러운 눈치를 보이었다. 팡둥은 한참이나 모녀를 소개하니 그제야 팡둥 부인은,

• 캉(坑) 구들.

45

"올라앉어요."

하고 권하였다. 팡둥은 차를 따라 권하였다. 가벼운 차내를 맡으며 모녀는 방 안을 슬금슬금 돌아보았다. 방 안은 시원하게 넓으며 캉이 좌우로 있었다. 캉 아래는 빛나는 돌로 깔리었으며 저편 창 앞에는 대리석으로 만든 테이블이 놓였고 그 위에는 검은 바탕에 오색 빛나는 화병 한 쌍을 중심으로 작고 큰 시계며 유리단지에 유유히 뛰노는 금붕어 등 기타 이름 모를 기구들이 테이블이 무겁도록 실리어 있다. 창 위 벽에는 팡둥의 사진을 비롯하여 가족들의 사진이며 약간 빛을 잃은 가화°들이 어지럽게 꽂히었다. 그리고 테이블에서 뚝 떨어져 있는 이편 벽에는 선 굵은 불타의 그림이 조는 듯하고 맞은편에는 문짝 같은 체경°이 온 벽을 차지했으며 창문 밖 저편으로는 화단이 눈가가 서늘하도록 푸르렀다.

그들은 어떤 별천지에 들어온 듯 정신이 얼얼하였다. 그리고 그들의 초라한 모양에 새삼스럽게 더 부끄러운 생각이 들며 맘 놓고 숨 쉬는 수도 없었다.

팡둥은 의자에 걸어앉으며 궐련°을 붙여 물었다.

"여기 친척 있어?"

봉염의 어머니는 머리를 들었다.

° 가화 조화.
° 체경(體鏡) 몸 전체를 비추어 볼 수 있는 큰 거울.
° 궐련 얇은 종이로 가늘고 길게 말아 놓은 담배.

"없어요."

이렇게 대답하는 그는 팡둥이 어째서 친척의 유무를 묻는 것임을 생각할 때 전신에 외로움이 훨씬 끼친다. 동시에 팡둥을 의지하려고 찾아온 자신이 얼마나 가엾은가를 느끼며 팡둥의 어깨 너머로 보이는 화단을 물끄러미 바라보았다. 신록에 무르익은 저 화단! 그는 얼핏, 밭에 조 싹도 이젠 퍽이나 자랐겠구나! 김매기 바쁠 테지. 내가 웬일이야, 김도 안 매구 가을에는 뭘 먹고 사나, 하는 걱정이 불쑥 일었다. 그리고 시선을 멀리 던졌을 때 티 없이 맑게 갠 하늘이 마치 멀리 논물을 바라보는 듯 문득 그들이 부치던 논이 떠오른다. 논귀* 까지 가랑가랑하도록 올라온 그 논물! 벼포기도 퍽이나 자랐을 게다! 하며 다시 하늘을 쳐다보았을 때 그 하늘은 벼포기 사이를 헤치고 깔렸던 그 하늘이 아니었느냐! 그 사이로 털이 푸르르한 남편의 굵은 다리가 철버덕철버덕 거닐지 않았느냐! 그는 가슴이 뜨끔해지며 다시 팡둥을 보았다. 남편을 오라고 하여 함께 앉았던 저 팡둥은 살아서 저렇게 있는데 그는 어찌하여 죽었는가 하며 이때껏 참았던 설움이 머리가 무겁도록 올라왔다.

"친척 없어, 어디 왔어?"

팡둥은 한참 후에 이렇게 재쳐 물었다. 목구멍까지 빠듯하게 올

• 논귀 논의 귀퉁이.

라온 억울함과 외로움이 팡둥의 말에 눈물로 변하여 술술 떨어진다. 그는 맥없이 머리를 떨어뜨리며 치맛귀를 쥐어다 눈물을 씻었다. 곁에 앉은 봉염이도 어머니를 보자 눈물이 글썽글썽해졌다. 모녀를 바라보는 팡둥은 난처하였다. 지금 저들의 눈치를 보니 자기에게 무엇을 얻으러 왔거나 그렇지 않으면 자기 집을 바라고 온 것임을 시간이 지날수록 깨달았다. 그는 불쾌하였다. 저들을 오늘로라도 보내려면 돈이라도 몇 푼 집어 줘야 할 것을 느끼며 당분간 집에서 일이나 시키며 두어볼까? 하는 생각이 어렴풋이 들었다. 팡둥은 약간 웃음을 띠었다.

"친척 없어? 우리 집 있어. 봉식이가 찾아왔다 갔어, 응."

팡둥의 입에서 떨어지는 아들의 이름을 들으니 그는 원망스러움과 그리움, 외로움이 한데 뭉치어 견딜 수가 없었다. 그리고 팡둥의 말과 같이 봉식이가 언제든지 나를 찾아오려나, 그렇지 않으면 제 아버지와 같이 어디서 어떤 놈에게 죽임을 당해서 다시는 찾지 않으려나? 하는 의문이 들며 흑흑 느껴 울었다.

그 후부터 모녀는 팡둥 집에서 일이나 해주고 그날그날을 살아갔다. 팡둥은 날이 갈수록 그들에게 친절하게 굴었다. 그리고 어떤 때는 밤이 오래도록 그들이 있는 방에 나와서 이런 이야기 저런 이야기를 하여주며 때로는 옷감이나 먹을 것 같은 것도 사다 주었다. 그때마다 봉염의 어머니는 감격하여 밤 오래도록 잠들지 못하곤 하였다.

팡둥의 아내가 친정집에 다니러 간 그 이튿날 밤이다. 그는 팡둥의 아내가 말려놓고 간 팡둥의 속옷을 재봉침했다. 팡둥의 아내가 언제 올는지는 모르나 어쨌든 그가 오기 전에 말려놓는 일을 다 해야 그가 돌아와서 만족해 할 것이다. 그러므로 그는 밤잠을 못 자고 미싱을 돌렸다. 그는 이 집에 와서야 미싱을 배웠기 때문에 아직도 서툴렀다. 그래서 그는 바늘이 부러질세라 기계에 고장이 생길세라 여간 조심이 되지를 않았다.

저편 팡둥 방에서 피리 소리가 처량하게 들려왔다. 팡둥은 밤만 되면 저렇게 피리를 불거나 그렇지 않으면 깡깡이*를 뜯었다. 깡깡이 소리는 시끄럽고 때로는 강아지가 문짝을 할퀴며 어미를 부르는 듯하게 차마 듣지 못할 만큼 귓가가 간지러웠다. 그러나 저 피리 소리만은 그럴듯하게 들리었다.

일감을 밟고 씩씩하게 달려오는 바늘 끝을 바라보는 그는 한숨을 후 쉬며 "봉식아 너는 어째서 어미를 찾지 않느냐." 하고 중얼거렸다. 그는 언제나 봉식이를 생각하였다. 낯선 사람이 이 집에 오는 것을 보면 행여 봉식의 소식을 전하려나 하여 그 사람이 돌아갈 때까지 주의를 게을리하지 아니했다. 그러나 이렇게 기다리는 보람도 없이 그날도 그날같이 봉식의 소식은 막막하였다. 팡둥은 그들에게 고맙게 구나 팡둥의 아내는 종종 싫은 기색을 완연

---

* 깡깡이 해금을 속되게 이르던 말.

히 드러내었다. 그때마다 그는 봉식을 원망하고 그리워하며 운 적이 한두 번이 아니었다. 아무래도 장래까지는 이 집을 바라지 못할 일이요, 어디로든지 가야 할 것을 그는 날이 갈수록 느꼈다. 그러나 마음만 초조할 뿐이요, 어떻게 하는 수는 없었다. 그는 이러한 생각을 되풀이하며 팡둥의 아내가 없는 사이 팡둥보고 집세나 하나 얻어달라고 해볼까? 하며 피리를 불고 앉았을 팡둥의 뚱뚱한 얼굴을 그려보았다. 그러나 어찌 그런 말을 해, 집세를 얻는다더라도 무슨 그릇들이 있어야지. 아무것도 없이 살림을 어떻게 하누, 하며 등불을 물끄러미 바라보았다.

어느덧 피리 소리도 그치고 사방은 고요하였다. 오직 들리느니 잠든 봉염의 그윽한 숨소리뿐이다. 그는 등불을 휩싸고 악을 쓰고 날아드는 하루살이 떼를 보며 문득 남편의 짧았던 일생을 회상하였다. 그렇게 살고 말 것을 반찬 한번 맛있게 못 해주었지. 고춧가루만 땀이 나도록 먹구 참……. 여기는 왜 소금값이 그리 비쌀까? 그래도 이 집은 소금을 흔하게 쓰두먼. 그게야 돈 많으니 자꾸 사오니까 그렇겠지. 돈? 돈만 있으면 뭐든지 다 할 수가 있구나. 그비싼 소금도 맘대로 살 수가 있는 돈, 그 돈을 어째서 우리는 모으지 못했는가 하였다.

그때 신발 소리가 자박자박 나더니 문이 덜거럭 열린다. 그는 놀라 획근 돌아보았다. 검은 바지에 흰 적삼을 입은 팡둥이 빙그레 웃으며 들어온다. 그는 얼른 일어나며 일감을 한 손에 들었다.

"앉았어! 일만 했어?"

팡둥의 시선은 그의 얼굴로부터 일감으로 옮긴다. 그는 등불 곁으로 다가앉으며 팡둥보고 이 말을 할까 말까? '집세 하나 얻어 주시오' 하고 금방 입술 사이로 흘러나오려는 것을 참으며 팡둥의 기색을 흘금 살피었다.

"누구 옷이야? 내 해˙야?"

팡둥은 일감 한끝을 쥐어 보다가,

"내 해야……. 배고프지 않아? 우리 방에 나가 찻물도 먹고 과자도 먹구. 응? 나갔어."

일감을 잡아당긴다. 그는 전 같으면 얼른 팡둥의 뒤를 따라 나갈 터이나 팡둥의 아내가 없는 것만큼 주저가 되었다.

"배고프지 않아요."

이렇게 말하는 그는 웬일인지 눈썹 끝에 부끄럼이 사르르 지나친다. 팡둥은 일감을 휙 빼앗았다.

"가, 응. 자, 어서 어서."

그는 일감을 바라보며 어쩌야 좋을지 몰랐다. 그리고 이 기회를 타서 집세를 얻어달라고 할까 말까 할까…….

"안 가?"

팡둥은 일어서며 아까와는 달리 언성을 높인다. 그는 가슴이 선

˙ 해 것. 그 사람의 소유물임을 나타내는 말.

득해서 얼른 일어났다. 그러나 비쭉비쭉 나가는 팡둥의 살찐 뒷덜미를 보았을 때 싫은 생각이 부쩍 들었다. 그리고 발길이 떨어지지를 않았다. 문밖을 나가던 팡둥은 휘끈 돌아보았다. 그 얼굴은 무어라고 형용할 수 없는 무서움을 띠었다. 그는 맥없이 캉을 내려섰다. 그리고 잠든 봉염이를 바라보았을 때 소리쳐 울고 싶도록 가슴이 답답하였다.

3. 해산

이듬해 늦은 봄 어느 날 석양이다. 봉염의 어머니는 바느질을 하다가 두 눈을 비비며 방문을 바라보았다. 빨간 문 위에 처마 끝 그림자가 뚜렷하다. 오늘은 팡둥이 오려나, 대체 어딜 가서 그리 오래 있을까? 그는 또다시 생각하였다. 팡둥의 아내만 대하면 그는 묻고 싶은 것이 이 말이었다. 그러나 언제든지 새초롬해서 있는 그의 기색을 살피다가는 그만 하려던 말을 줄이고 말았다. 그리고 이렇게 석양이 되면 오늘이나 오려나? 하고 가슴을 졸였다. 팡둥이 온대야 그에게 그리 기쁠 것도 없건만 어쩐지 그는 팡둥이 기다려지고 그리웠다. 오면 좋으련만……. 이번에는 꼭 말을 해야지 무어라구? 그다음 말은 생각나지 않고 두 귀가 화끈 단다. 어떡하나, 그도 짐작이나 할까? 하기는 뭘 해 남정네들이 그러니 그렇게 내게 하리……. 그는 팡둥의 얼굴을 머리에 그리며 원망스러운 듯이 바라보았다.

그날 밤 후로는 팡둥의 태도가 아무리 좋게 해석해도 냉랭해진 것만 같았다. 처음에는 점잖으신 어른이고 더구나 성미 까다로운 아내가 곁에 있으니 저러나 보다 하였으나 시일이 지날수록 원망스러움이 약간 머리를 들었다. 반면에 끝없는 정이 보이지 않는 줄을 타고 팡둥에게로 자꾸 쏠리는 것을 그는 느꼈다. 그는 한숨을 후— 쉬며 이맛가에 흐르는 땀을 씻었다. 언제나 자기도 팡둥을 대하여 주저 없이 말도 건네고 사랑을 받아볼까? 생각만이라도 그는 진저리가 나도록 좋았다. 그러나 자기 주위를 둘러싸고 있는 모든 환경을 깨닫자 그는 울고 싶었다. 그리고 팡둥의 아내가 끝없이 부러웠다. 그는 시름없이 머리를 숙이며 원수로 애는 왜 배었는지 하며 일감을 들었다. 바늘 끝에서 떠오르는 그날 밤. 그날 밤의 팡둥은 성난 호랑이같이도 자기에게 덤벼들지 않았던가. 자기는 너무 무섭고도 두려워서 방 안이 캄캄하도록 늘인 비단 포장을 붙들고 죽기로써 반항하다가도 못 이겨서 애를 배게 되지 않았던가. 생각하면 자기의 죄 같지는 않았다. 그런데 왜 자기는 선뜻 팡둥에게 이 말을 하지 못하는가. 그리고 그렇게 먹고 싶은 냉면도 못 먹고 이때까지 참아왔던가. 모두가 자기의 못난 탓인 것 같다. 왜 말을 못 해, 왜 주저해, 이번에는 말할 테야. 꼭 할 테야. 그리고 냉면도 한 그릇 사다 달라지 하며 그는 눈앞에 냉면을 그리며 침을 꿀꺽 삼켰다. 그러나 이 생각은 헛된 공상임을 깨달으며 한숨을 푸 쉬면서도 픽 하고 웃음이 나왔다. 모든 난문제가 산과 같이 자기를 둘러싸고 있거늘 어린애같이 먹고 싶은 생각부터 하는 자신이 우습고도 가련해 보였던 것이다. 그러나 먹고 싶은 것은 어쩔 수 없다. 목이 가렵도록 먹고 싶다. 냉면만 생각하면 한참씩은 안절부절못할 노릇이다.

그가 배 속에 애 든 것을 알게 되었을 때 유산시키려고 별짓을 다 하여보았다. 배를 쥐어박아도 보고 일부러 칵 넘어지기도 하며 벽에다 배를 대고 탕탕 부딪쳐도 보았다. 그러고도 유산이 되지를 않아서 나중에는 양잿물을 마시려고 캄캄한 밤중에 그 몇 번이나 일어나 앉았던가. 그러면서도 그 순간까지도 냉면은 먹고 싶었다. 누가 곁에다 감추고서 주지 않는 것만 같았다. 그렇게 먹고 싶은 냉면을 못 먹어보고 죽는다는 것은 너무나 애달픈 일이다. 더구나 봉염이를 생각하고는 그만 양잿물 그릇을 쏟치고 말았던 것이다. 삭 수가 차올수록 그는 어쩔 줄을 몰랐다. 우선 남의 눈에 들키지나 않으려고 끈으로 배를 꽁꽁 동이고 밥도 한두 끼니는 예사로 굶었다. 그리고 될 수 있는 대로 사람을 피하여 이렇게 혼자 일을 하곤 하였다.

그때 지르릉 하는 마차 소리에 그는 머리를 번쩍 들었다. 팡둥 방에서 뛰어나가는 신발 소리가 나더니 바바! 바바! 하고 팡둥의 어린애들이 떠드는 소리가 들린다. 그는 왔구나! 하였다. 따라서 가슴이 후닥닥 뛰며 배 속의 애까지 빙빙 돌아간다. 그는 치맛주름이 들썩들썩하는 것을 보자 배를 꾹 눌렀다. 신발 소리가 이리로 오므로 그는 얼른 일어났다. 그리고 팡둥이 혹시 나를 보러 오는가 하였다.

"어머이, 팡둥 왔어. 그런데 팡둥이 어머이를 오래."

봉염이는 문을 열고 들여다본다. 그는 팡둥이 아님에 다소 실망을 하면서도 안심되었다. 그러나 팡둥이 자기를 보겠다고 오라는 말을 들으니 부끄럼이 확 끼치며 알 수 없는 겁이 더럭 났다. 그리고 말을 할 수 없이 입이 다물어지며 손발이 후들후들 떨린다.

"어머이, 어디 아파?"

봉염이는 중국 계집애같이 앞 머리카락을 보기 좋게 잘랐다. 그는 머리카락 사이로 눈을 동그랗게 뜨고 어머니를 말똥히 쳐다본다. 그는 딸에게 눈치를 보이지 않으려고 머리를 돌리며,

"아니."

봉염이는 한참이나 무슨 생각을 하더니,

"어머이 팡둥이 성난 것 같아 왜."

"왜, 어쩌더냐?"

"아니 글쎄 말야."

봉염이는 숱가에서 닳아져서 보기 싫게 된 그의 손톱을 들여다보면서 아까 팡둥의 얼굴을 생각하였다. 그때 팡둥의 아내 소리가 빽 하고 났다.

"뭣들 하고 그러고 있어. 어서 오라는데."

심상치 않은 그의 언성에 그들은 일시에 불길한 예감을 품으면서 팡둥 방으로 왔다. 팡둥은 어린애를 좌우로 안고서 모녀를 바라보았다. 그리고 잠깐 눈살을 찌푸리며 눈을 거칠게 뜬다. 팡둥의 아내는 입을 비쭉하였다.

"흥 자식을 얼마나 잘 두었기에 애비 원수인 공산당에 들었을까. 그런 것들은 열 번 죽여도 좋아⋯⋯. 우리는 공산당 친척은 안 돼. 공산당과는 우리는 원수야. 오늘부터는 우리 집에 못 있어. 나가야지."

모녀를 딱 쏘아본다. 모녀는 갑자기 무슨 말인지를 알아들을 수가 없었다. 그리고 머리가 어찔어찔해 왔다.

"이번 쟝꿰디가 국자가*에 가서 네 오빠 죽이는 것을 보았단다."

모녀는 어떤 쇠 방망이로 머리를 사정없이 후려치는 듯 아뜩하였다. 한참 후에 봉염의 어머니는 팡둥을 바라보았다. 팡둥은 그의 시선을 피하여 어린애를 보면서도 그 말이 옳다는 뜻을 보이었다. 그는 한층 더 아찔하였다. 그 애가 참말인가 하고 그는 속으로 부르짖었다.

"어서 나가! 만주국에서는 공산당을 죽이니깐."

팡둥의 아내는 귀걸이를 흔들면서 모녀를 밀어내었다. 모녀는

---

* 국자가(局子街) 연길의 옛 이름.

암만 그들이 그래도 그 말이 참말 같지 않았다. 그리고 속 시원히 팡둥이가 말을 해주었으면 하였다. 팡둥은 그들을 바라보자 곧 불쾌하였다. 그날 밤 그의 만족을 채운 그 순간부터 어쩐지 발길로 그의 엉덩이를 냅다 차고 싶게 미운 것을 느꼈다. 그다음부터 그는 봉염의 어머니와 마주 서기를 싫어하였다. 그러나 살림에 서투른 젊은 아내를 둔 그는 그들을 내보내면 아무래도 식모든지 착실한 일꾼이든지를 두어야겠으니 그러자면 먹여주고도 돈을 주어야 할 터이므로 오늘내일하고 이때까지 참아왔던 것이다. 보다도 내보낼 구실 얻기가 거북하였던 것이다.

그러던 차에 이번 국자가에서 봉식이 죽는 것을 보고서는 곧 결정하였다. 무엇보다도 공산당의 가족이니만큼 경비대원들이 나중에라도 알면 자신에게 후환이 미칠까 하는 생각이었고 또 하나는 자기가 극도로 공산당을 미워하느니만큼 공산당이라는 말만 들어도 소름이 끼쳐서 못 견디었던 것이다.

아내에게 밀리어 문밖으로 나가는 모녀를 바라보는 팡둥은 봉식의 죽던 광경이 다시 떠오른다.

친구와 교외에 나갔다가 공산당을 죽인다는 바람에 여러 사람의 뒤를 따라가서 들여다보니 벌써 십여 명의 공산당을 죽이고 꼭 하나가 남아 있었다. 그는 좀 더 빨리 왔더라면 하고 후회하면서 사람들의 틈을 빼기고 들어갔다. 마침 경비대에게 끌리어 한가운데로 나앉은 공산당은 봉식이가 아니었느냐! 그는 자기 눈을 의심하고 몇 번이나 눈을 비빈 후에 보았으나 똑똑한 봉식이었다. 전보다 얼굴이 검어지고 거칠게 보이나마 봉식이었다. 그는 기침을 칵 하며 봉식이가 들으리만큼 욕을 하였다. 그리고 행여 봉식이가 돈을 벌어가지고 어미를 찾아오면 자기의 생색도 나고 다소 생각함이 있으리라고 하였던 것이 절망이 되었다.

누런 군복을 입은 경비대원 한 사람은 시퍼런 칼날에 물을 드르르 부었다. 그러나 물방울이 진주같이 흐른 후에 칼날은 무서우리만큼 빛났다. 경비대원은 칼날을 들여다보며 슴뻑 웃는다. 그리고 봉식이를 바라보았다. 봉식이는 얼굴이 새하얗게 질리고도 기운 있게 버티고 있었다. 그리고 입모습에는 비웃음을 가득히 띠고 있었다. 팡둥은 그 웃음이 여간 불쾌하지 않았다. 그리고 어느 때인가 공산당에게 위협을 당하던 그 순간을 얼핏 연상하며 봉식이가 확실히 공산당이라는 것을 의심하지 않았다. 그러자 칼날이 번쩍할 때 봉식이는 소리를 버럭 지른다. 어느새 머리는 땅에 떨어지고 선혈이 삭 하고 공중으로 뻗칠 때 사람들은 냉수를 잔등에 느끼며 흠칫 물러섰다.

생각만이라도 팡둥은 소름이 끼치어서 어린애를 꼭 껴안으며어서 모녀가 눈에 보이지 않기를 바랐다. 모녀는 문밖에까지 밀리어 나오고도 팡둥이가 따라 나오며 말리려니 하였다. 그러나 그들이 보따리를 가지고 대문을 향할 때까지 팡둥은 가만히 있었다. 봉염의 어머니는 노염이 치받치어 획 돌아서서 유리창을 통하여 바라보이는 팡둥의 뒷덜미를 노려보았다. 미친 듯이 자기를 향하여 덤벼들던 저 팡둥이 그가 무어라고 소리를 지르려고 할 때, 팡둥의 아내와 웬 알지 못할 사나이가 그를 돌려세우며 그들을 밖으로 내몰았다.

그들은 정신없이 시가를 벗어나 해란강변으로 나왔다. 강물이 앞을 막으니 그들은 우뚝 섰다. 어디로 가나? 하는 생각이 분에 흩어졌던 그들의 생각을 집중시켰다. 그들은 눈을 들었다. 해는 뉘엿뉘엿 서산에 걸렸는데 저 멀리 보이는 마을 앞에 둘러선 버들숲은 흡사히도 그들이 살던 싼더거우(三頭溝) 앞에 가로놓였던 그 숲과도 같았다. 그곳에는 아직도 남편과 봉식이가 있을 것만 같았다. 그러나 다시 한번 눈을 비비고 보았을 때 봉염의 어머니는 털썩 주저앉았다. 그리고 소리 높이 흐르는 강물을 들여다보며 그만 죽고 말까 하였다. 동시에 이때까지 거짓으로만 들리던 봉식의 죽음이 새삼스럽게 더 걱정이 되며 가슴이 쪼개지는 듯하였다. 그러나 그 말은 믿고 싶지 않았다. 봉식이는 똑똑한 아이다. 그러한 아이가 애비 원수인 공산당에 들었을 리가 없을 듯하였다.

그것은 자기 모녀를 내보내려는 거짓말이다.

"죽일 년, 그년이 내 아들을 공산당이라구. 에이 이 연놈들, 벼락 맞을라, 누구를 공산당이래⋯⋯. 너희 놈들이 그러고 뒈질 때가 있을라. 누구를 공산당이래."

봉염이 어머니는 시가를 돌아보며 이를 북북 갈았다. 시가에는 수없는 벽돌집이 다닥다닥 붙어 앉았다. 저렇게 많은 집이 있건만 지금 그들은 몸담아 있을 곳도 없어 이리 쫓기어 나오는 생각을 하니 기가 꽉 찼다. 그리고 저자들은 모두가 팡둥 같은 그런 무서운 인간들이 사는 것 같아 보였다. 이렇게 원망스러우면서도 이리로 나오는 사람만 보이면 행여 팡둥이가 나를 찾아 나오는가 하여 가슴이 뜨끔해지곤 하였다.

어스름 황혼이 그들을 둘러쌀 때에 그들은 더욱 난처하였다. 봉염이는 훌쩍훌쩍 울면서,

"오늘 밤은 어데서 자누? 어머이."

하였다. 그는 순간에 팡둥 집으로 달려 들어가서 모조리 칼로 찔러 죽이고 자기들도 죽고 싶은 충동이 강하게 일어났다. 그래서 그는 벌떡 일어났다. 그러나 그의 앞으로 끝없이 길어나간 대철로를 바라보았을 때 소식 모르는 봉식이가 어미를 찾아 이 길로 터벅터벅 걸어올 때가 있지 않으려나⋯⋯. 그리고 또다시 팡둥의 말과 같이 아주 죽어서 다시는 만나지 못하려나 하는 의문에 그는 소리쳐 울고 싶었다. '속 시원히 국자가를 가서 봉식의 소식을 알아볼까. 그러자. 그 후에 참말이라면 모조리 죽이고 나도 죽자!' 이렇게 결심하고 어정어정 걸었다.

그날 밤 그들은 해란강변에 있는 중국인 집 헛간에서 자게 되었다. 그것도 모녀가 사정을 하고 내일 시장에 내다 팔 시금치나물과 파 등을 다듬어주고서 승낙을 받았다. 봉염의 어머니는 밤이

깊어갈수록 배가 자꾸 아팠다. 그는 애가 나오려나 하고 직각하면서*봉염이가 잠들기를 고대하였다. 그러나 잠이 많던 봉염이도 오늘은 잠들지 않고 팡둥 부처를 원망하였다. 그리고 이때까지 몸 아끼지 않고 일해준 것이 분하다고 종알종알하였다.

"용애는 잘 있는지. 우리 학교는 학생이 많은지."

잠꼬대 비슷이 봉염이는 지껄이다가 그만 잠이 들고 만다.

그의 어머니는 한숨을 후 쉬며 어서 봉염이가 잠든 틈을 타서 나오면 얼른 죽여서 해란강에 띄우리라 결심하였다.

그리고 배를 꾹꾹 눌렀다.

바람 소리가 후루루 나더니 빗방울이 후두두 떨어진다.

그는 되기 딴은 잘되었다 하였다. 이런 비 오는 밤에 아무도 몰래 애를 낳아서 죽이면 누가 알랴 싶었던 것이다.

그리고 그는 봉염의 몸을 어루만지며 낡은 옷으로 그의 머리까지 푹 씌워놨다. 비는 출출 새기 시작하였다.

그는 봉염이가 비에 젖었을까 하여 가만히 그를 옮겨 누이고 자기가 비 새는 곳으로 누웠다. 비는 차츰 기세를 더하여 좍좍 퍼부었다. 그리고 그의 몸도 점점 더 아팠다.

그는 봉염이가 깰세라 하여 입술을 깨물고 신음 소리를 밖에 내지 않으려고 애썼다. 그러나 신음 소리가 콧구멍을 뚫고 불길같이

• 직각하다 보거나 듣는 즉시 곧바로 깨닫다.

확확 내달았다. 그리고 빗방울은 그의 머리카락을 타고 목덜미로 입술로 새어 흐른다.

"어머이!"

봉염이는 벌떡 일어나서 어머니를 더듬었다.

"에그 척척해."

어머니의 몸을 만지는 그는 정신이 펄쩍 들었다. 그리고 비가 오는 것을 알았다.

"비가 새네, 아이고 어떡허나."

딸의 말소리도 이젠 들리지 않고 딸이 들을세라 조심하던 신음 소리도 더 참을 수가 없었다. 그는 "으흥으흥." 하면서 몸부림쳤다. 머리로 벽을 쾅쾅 받다가도 시원하지 않아서 손으로 머리를 감아쥐고 오짝오짝 뜯었다.

봉염이는 어머니를 흔들다가 흔들다가 그만 "흑흑." 하고 울었다.

어머니는 봉염이를 밀치며 "응응." 하고 힘을 썼다. 한참 후에 "으악!" 하는 애기 울음소리가 들렸다. 봉염이는 어머니 곁으로 다가붙으며,

"애기?"

하고 부르짖었다.

어머니는 얼른 아기를 더듬어 그의 목을 꼭 쥐려 하였다. 그 순간 두 눈이 화끈 달며 파란 불꽃이 쌍으로 내달았다. 그리고 전신을 통하여 짜르르 흐르는 모성애! 그는 자기의 숨이 턱 막히며 쥐

려는 손끝에 맥이 탁 풀리는 것을 느꼈다.

그는 땀을 낙수처럼 흘리며 비켜 누워버렸다. 그리고,

"아이고!"

하고 소리쳐 울었다.

4. 유모

아기를 죽이려다 죽이지 못하고 또 무서운 진통기를 벗어난 봉염
의 어머니는 이제는 극도로 배고픔을 느꼈다. 지금 따끈한 미역국
한 사발이면 그의 몸은 가뿐해질 것 같다. 미역국! 지난날에는 남
편이 미역국과 흰 이밥˙을 해 가지고 들어와서 손수 떠 넣어주던
것을…… 하며 눈을 꾹 감았다. 비에 젖고 또 비에 젖은 헛간 바
닥에서는 흙내에 피비린내를 품은 역한 냄새가 물큰물큰 올라왔
다. 어떡하나? 내가 무엇이든지 먹구 살아야 저것들을 키울 터인
데 무엇을 먹나, 누가 지금 냉수라도 짤짤 끓여다만 주어도 그 물
을 마시고 정신을 차릴 것 같다. 그러나 그는 흙을 주워 먹기 전
에는 아무것도 먹을 것이 없지 않은가. '봉염이를 깨울까, 그래서
이 집 주인에게 밥이나 좀 해달랄까, 아니 아니 못 할 일이야, 무

˙ 이밥 입쌀로 지은 밥.

63

슨 장한 애를 낳았다고 그러랴. 그러면 어떻게? 오래지 않아 날이 밝을 터이니 아침에나 주인집에서 무엇이든지 얻어먹지…….' 하였다. 그리고 눈을 번쩍 떠서 뚫어진 헛간 문을 바라보았다. 아직도 캄캄하였다. '날이 언제나 새려나, 이 집에는 닭이 없는가 있는가.' 하며 귀를 기울였다. 사방은 죽은 듯이 고요하다. 간혹 채마밭˙에서 나는 듯한 벌레 소리가 어두운 밤에 별빛 같은 그러한 느낌을 던져주었다. 그는 아기를 그의 뛰는 가슴속에 꼭 대며 자기가 아무렇게라도 살아야 할 것 같았다. "내가 왜 죽어, 꼭 산다. 너희들을 위하여 꼭 산다." 하고 중얼거렸다. 애를 낳기 전에는, 아니 그보다도 이 아픔을 겪기 전에는, 죽는다는 말이 그의 입에서 떠나지 않았고 또 진심으로 죽었으면 하고 생각도 많이 하였다. 그러나 마침 죽음과 삶의 경계선에서 아차아차한 고비를 넘기고 겨우 소생한 그는 어쩐지 죽고 싶지는 않았다. 오히려 삶의 환희를 느꼈다. 이번뿐만이 아니라 이러한 경우를 여러 번 당하였으나 남편의 생전에는 죽음에 대하여 한 번도 생각해 보지도 않았으며 역시 죽고 싶지도 않았다. 그래서 죽음이란 아무 생각 없이 대하였을 뿐이었다.

이튿날 봉염의 어머니는 곤히 자는 봉염이를 흔들어 깨웠다. 봉염이는 벌떡 일어났다.

˙ 채마밭 채소를 심어 가꾸는 밭.

"너 이거 내다가 빨아 오너라. 그저 물에 헹구면 된다."

피에 젖은 속옷이며 걸레 뭉치를 뭉쳐서 그의 손에 들려주었다. 그때 봉염의 어머니는 어쩐지 딸이 어려웠다. 그리고 딸의 시선이 거북스러움을 느꼈다. 봉염이는 아직도 가슴이 울렁거리며 모두가 꿈속에 보는 듯 분명하지를 않고 수없는 거미줄 같은 의문과 공포가 그의 조그만 가슴을 꼭 채웠다. 그는 얼른 일어나 밖으로 나왔다. 그의 어머니는 딸이 나가는 것을 보고 저것이 추울 터인데 하며, 자신이 끝없이 더러워 보였다.

봉염의 신발 소리가 아직도 사라지기 전에 그는 아기의 얼굴을 자세히 들여다보았다. 볼수록 뭉칫정이 푹푹 든다. 그리고 아기의 얼굴에 얼굴을 맞대지 않고는 견디지 못하였다. 주인집에서 깨어 부산하게 구는 소리를 들으며 그는 밥을 하는가, 밥을 좀 주려나, 좀 주겠지 하였다. 그리고 미역국 생각이 또 일어나며 김이 어린 미역국이 눈앞에 자꾸 어른거려 보인다. 따라서 배는 점점 더 고파왔다. 이제 몇 시간만 더 이 모양으로 굶었다가는 그가 아무리 살고 싶어도 살 수가 없을 것 같았다. 그는 이러한 생각에 겁이 펄쩍 났다. 무엇을 좀 먹어야 할 터인데 그는 눈을 뜨고 사면을 휘돌아보았다. 아직도 헛간은 컴컴하다. 컴컴한 저편 구석으로 약간씩 보이는 파 뿌리! 그는 어제저녁에 주인 여편네가 오늘 장에 내다 팔 파를 헛간으로 옮겨 쌓던 생각을 하며 옳다! 아무 게라도 좀 먹으면 정신이 들겠지 하고 얼른 몸을 솟구어 파 뿌리를 뽑았다. 그러나 주인이 나오는 듯하여 그는 몇 번이나 뽑은 파를 입에 대다가도 감추곤 하였다. 마침내 그는 파를 입속에 넣었다. 그리고 우쩍 씹었다. 그때 이가 시끔하며 딱 맞찔린다. 그래서 그는 얼굴을 찡그리며 입을 쩍 벌린 채 한참이나 벌리고 있었다.

침이 턱밑으로 흘러내릴 때에야 그는 얼른 손으로 침을 몰아넣으며 이 침이라도 목구멍으로 삼켜야 그가 살 것 같았다. 그는 다시 파를 입에 넣고 이번에는 씹지는 않고 혀끝으로 우물우물하여 목으로 넘겼다. 넘어가는 파는 왜 그리도 차며 뻣뻣한지, 그의 목구멍은 찢어지는 듯 눈물이 쑥 비어졌다. '파를 먹고도 사는가.' 그는 이렇게 생각하며 헛간 문 사이로 보이는 하늘을 멍하니 쳐다보았다.

그때 신발 소리가 나며 헛간 문이 홱 열린다.

"어머이, 용애 어머이를 빨래터에서 만났어. 그래서 지금 와!"

말이 채 마치기 전에 용애 어머니가 들어온다. 봉염이 어머니는 얼결에 일어나 그의 손을 붙들고 소리를 내어 울었다. 용애 어머니는 싼더거우서 한집안같이 가까이 지내었던 것이다. 그래서 봉염이를 따라 이렇게 왔으나 그들의 참담한 모양에 반가움이란 다 달아나고 내가 어째서 여기를 왔던가 하는 후회가 일었다. 그리고 뭐라고 위로할 말조차 생각나지 않았다.

"아니 봉염이 어머이, 이게 어찌 된 일이오."

한참 후에 용애 어머니는 입을 열었다. 봉염이 어머니는 울음을

그치고,

"다 팔자 사나워 그렇지요. 왜 죽지 않고 살았겠수……. 그런데 언제 내려왔수. 여기를?"

"우리? 작년에 모두 왔지. 우리 동네서는 모두 떠났다오. 토벌 난 통에 모두 밤도망들을 했지. 어디 농사할 수가 있어야지. 그래 여기 내려오니 이리 어렵구려."

봉염이 어머니는 퍽이나 반가웠다. 그리고 용애 어머니를 놓쳐서는 안 될 것을 번개같이 깨달으며 모든 것을 숨김없이 말하고 사정하리라고 결심하였다.

"용애 어머이 난 아이를 낳았다우. 어젯밤에 이걸……. 어떡허우. 사람 하나 살리는 셈 치고 날 며칠 동안만 집에 있게 해주. 어떡하겠수. 나 같은 년 만나기만 불찰이지……."

그는 말끝에 또다시 울었다. 용애 어머니를 만나니 남편이며 봉식의 생각까지 겹쳐 일어나는 동시에 어째서 남은 다 저렇게 영감이며 아들딸을 데리고 다니며 잘 사는데 나만이 이런 비운에 빠졌는가 하는 생각이 들었던 것이다.

용애 어머니는 한참이나 난처한 기색을 띠다가 한숨을 푹 쉬었다.

"그러시유. 할 수 있소."

용애 어머니는 더 물으려고도 안 하고 안 나오는 대답을 이렇게 겨우 하였다. 뒤에서 가슴을 졸이고 있던 봉염이까지 구원받은 듯하여 한숨을 호 내쉬었다.

"고맙수. 그 은혜를 어찌 갚겠수."

봉염의 어머니는 떨리는 음성으로 이렇게 말하고 봉염에게 아기를 업혀주었다. 용애 어머니는 '이렇게 모녀를 데리고 가나? 남편이 뭐라고 나무라지나 않으려나?' 하는 불안에 발길이 무거워졌다.

용애네 집으로 온 그들은 사흘을 무사히 지냈다. 용애 어머니는 남의 빨래 삯을 맡아 날이 채 밝지도 않아서 빨래터로 달아나고 용애 아버지는 철도 공사 인부로 역시 그랬다. 그래서 근근이 살아가는 것을 보는 봉염의 어머니는 그들을 마주 바라볼 수 없이 어려웠다. 그래서 얼른 일어나고 말았다. 그날 저녁 봉염의 어머니는 빨래터에서 돌아오는 용애 어머니를 보고,

"나두 남의 빨래를 하겠으니 좀 맡아다 주."

용애 어머니는 눈을 크게 떴다.

"어서 더 눕고 있지, 웬일이오……. 어려워 말우."

용애 어머니는 갑자기 무슨 생각이 난 듯이 눈을 껌뻑이더니 다가앉았다. 부엌에서는 용애와 봉염이 종알거리는 소리가 들렸다.

"아니, 저 나 빨래 맡아다 하는 집에서 젖유모를 구하는데……. 애가 딸렸다더라도 젖만 많으면 두겠다구 해. 그 대신 돈이 좀 적겠지만……. 어떠우?"

봉염의 어머니는 귀가 번쩍 뜨였다.

"참말이오? 애가 있어도 된대요?"

용애 어머니는 이 말에는 우물쭈물하고,

"하여간 말이야, 한 달에 십이삼 원을 받으면 집세 얻어서 봉염이와 애기는 따루 있게 하고 애기에겐 봉염의 어머니가 간간이 와서 젖을 먹이고 또 우유를 곁들이지 어떡허나. 큰애 같지 않아 갓난애니까 저게서 알면 재미는 좀 적을게요. 그러니 우선은 큰애라고 속이고 들어가야지. 그러니 그렇게만 되면 그 벌이가 아주 좋지 않우."

봉염의 어머니는 벌이 자리가 난 것만 다행으로 가슴이 뛰도록 기뻤다.

"그러면 어떻게든지 해서 들어가도록 해주우."
하였다. 그리고 돈만 그렇게 벌게 되면 이 집에 신세 진 것은 꼭 갚아야겠다 하며 자는 아기를 돌아보았을 때 '저것을 떼고 남의 애에게 젖을 먹여?' 하였다.

며칠 후에 몸이 다소 튼튼해진 봉염의 어머니는 드디어 젖유모로 채용이 되어 애기와 봉염이를 떨어치고 가게 되었다. 그리고 봉염이와 아기는 조그만 방을 세 얻어 있게 하였다. 그 후부터 아기는 봉염이가 맡아서 길렀다. 아기는 매일같이 밤만 되면 불이 붙는 것처럼 울고 자지 않았다. 그때마다 봉염이는 아기를 업고 잠 오는 눈을 꼬집어 당기면서 방 안을 거닐었다. 그리고 나중에는 아기와 같이 소리를 내어 울면서 어두운 문밖을 내다보곤 하는 때가 종종 있었다.

이렇게 지나기를 한 일 년이 되니 아기는 우는 것도 좀 나아지고 오줌이며 똥도 누겠노라고 끙끙대었다. 봉염이는 아기를 잘 거두어주다가도 애가 놀러 왔는데 자꾸 운다든지 제 장난감을 흐트려 놓는다든지 하면 아기를 사정없이 때리었다. 그리고 미처 오줌과 똥을 누겠노라고 못 하고 방바닥에 싸놓으면 사뭇 죽일 것같이 아기를 메치며 때리곤 하였다. 그것은 아기가 미워서 때리는 게 아니고 제 몸이 고달프고 귀찮으니 그렇게 하는 것이었다. 아기의 이름은 봉염의 이름자를 붙여서 봉희라고 지었다. 봉희는 이젠 우유를 안 먹고 간간이 어머니의 젖과 밥을 먹었다. 그는 이제야 겨우 빨빨 기었다. 그리고 때로는 오뚝 일어서고 자작자작˚ 걸었다. 그러나 눈치는 아주 엉뚱하게 밝았다. 그러므로 어떤 때는 똥과 오줌을 방바닥에 싸놓고도 언니가 때릴 것이 무서워서 "으아." 하고 때리기 전부터 미리 울곤 하였다. 그리고 어떤 때는 봉염이가 동무와 놀 양으로 봉희를 보고 자라고 소리치면 봉희는 잠도 안 오는 것을 눈을 꼭 감고서 땀을 뻘뻘 흘리며 자는 체하였다. 그가 돌이 지나도록 자란 것은 뼈도 아니요 살도 아니요 눈치와 머리통뿐이었다. 머리통은 조그만 바가지통만 하였다. 그리고 머리통이 몹시도 굳었다. 그러나 이 머리통을 싸고 있는 머리카락은 갓 낳던 그대로 노란 것이 나스르르하였다.˚ 어쨌든 그의 전체에서 명

˚ 자작자작 어린아이가 처음 걷기 시작할 때처럼 발을 짧게 내디디며 위태롭게 걷는 모양.
˚ 나스르르 가늘고 보드라운 털이나 풀 따위가 짧고 성기게 나 있는 모양.

붙어 보이는 곳이란 이 머리통같이도 보이고, 혹은 이 머리통이 너무 체에 맞지 않게 크므로 못 이겨서 오래 살지 못하고 죽을 것 같이도 무겁게 보이곤 했다.

봉희는 어머니를 알아보았다. 그래서 어머니가 왔다 갈 때마다 그는 번번이 울었다. 그때마다 삼 모녀는 서로 붙안고 한참씩이나 울다가 헤어지곤 하였다.

어느 여름날이다. 봉염이는 열병에 걸려 밥도 못 지어 먹고서 자리에 누워 있었다. 온몸이 불같이 뜨거워서 미처 어디가 아픈지도 알아낼 수가 없었다. 곁에서 봉희는 앵앵 울었다. 봉염이는 어머니나 와주었으면 하면서 어제 먹다 남은 밥을 봉희의 앞에 놔주었다. 봉희는 울음을 그치고 밥을 퍼 넣는다. 봉염이는 눈을 딱 감고 팔을 이마에 올려놓았다. 그러다 신발 소리 같아 눈을 번쩍 떠서 보면 어머니는 아니요, 곁에서 봉희가 밥그릇 쥐어 당기는 소리다. 그는 화가 버럭 났다.

"잡놈의 계집애 한자리에서 먹지 여기저기 다니며 벌여놓니!"

눈을 부릅떴다. 봉희는 금시 울음이 터져 나오는 것을 참으며 입을 비죽비죽하였다. 그리고 문을 돌아보았다. 필시 봉희도 어머니를 찾는 것이라고 얼른 생각되었을 때 그는 "어머니!" 하고 소리치고 싶은 충동을 강하게 받았다. 봉염이는 입술을 꼭 다물고 한참이나 울 듯이 봉희를 바라다보았다.

"봉희야, 너 엄마 보고 싶니? 우리 갈까?"

그는 누가 시켜주는 듯이 이런 말을 쑥 뱉었다. 봉희는 말끄러미 보더니 밥술을 뎅그렁 놓고 달아온다. 봉염이는 '아차 내가 공연한 말을 했구나!' 후회하면서 봉희를 힘껏 껴안았다. 그때 두 줄기 눈물이 그의 볼에 뜨겁게 흘러내리는 것을 그는 깨달았다.

"어머이는 왜 안 나와. 오늘은 꼭 올 차례인데. 그렇지 봉희야!"

봉희는 아무것도 모르고,

"응."

하고 대답할 뿐이었다.

"어서 밥 머. 우리 봉희는 착해."

봉염이는 봉희의 머리를 내려 쓸고 내려놓았다. 봉희는 또다시 밥술을 쥐고 밥을 먹었다.

봉염이는 멍하니 천장을 바라보았다. 언제인가 어머니가 와서 깨끗이 쓸어주고 가던 거미줄은 또다시 연기같이 슬어 붙었다. "어머니는 거미줄이 슬었는데두 안 온다니." 하였다. 그 후에도 어머니는 몇 번이나 왔건만 그 기억은 아득하여 이런 말을 하지 않고는 견디지 못하였다. 그는 돌아누우며 '어머니가 조반을 먹고서 명수를 업고 문밖을 나오나……. 에크 이젠 되놈의 상점은 지났겠다. 이젠 문 앞에 왔는지도 모르지.' 하고, 다시 문 편을 흘금 바라보았다. 그러나 신발 소리는 들리지 않았다. 오직 봉희가 술 구르는 소리뿐이다.

그는 벌떡 일어나서 문을 탁 열어젖혔다. 봉희는 어�떤 까닭을 모르고 한참이나 언니를 말끄러미 바라보다가 발발 기어 왔다.

그는 코에서 단김이 확확 내뿜는 것을 깨달으며 팔싹 주저앉았다.

밖에는 곁집 부인이 흰 빨래를 울바자*에 바삭바삭 소리를 내며 널고 있었다. 바자 밖으로 넘어오는 손끝은 흡사히 어머니의 다정한 그 손인 듯, 그리고 금시로 젖비린내를 가득히 피우는 어머니가 저 바자 밖에 섰는 듯하였다. 그는 젖비린내 속에 앉아 있으면 어쩐지 맘이 푹 놓이고 평안함을 느꼈다.

그는 못 견디게 어머니 품에 자기의 다는 몸을 탁 안기고 싶었다. 그는 목이 마른 듯하여 물을 찾았다. 그래서 봉희가 밥 말아 먹던 물을 마셨지마는 어쩐지 더 답답하였다.

이렇게 자리에 못 붙고 안타까워하던 그는 어느새 잠이 들었다가 무엇에 놀라 후닥닥 깨었다.

그의 얼굴에 수없이 붙었던 파리 소리만이 웽웽 하고 났다.

그는 얼른 봉희가 없는 데에 정신이 바짝 들었다.

뒤이어 '어머니가 왔었나? 그래서 봉희만 데리고 어디를 나갔나.' 하는 생각이 들자 그만 발악을 하고 울고 싶었다. 그는 미친 듯이 달려 일어났다. 그래서 밖으로 튀어 나가니 어머니와 봉희는 보이지 않았다. 그리고 찌는 듯한 더위는 마당이 붉어지도록 내리

---

* 울바자 바자로 만든 울타리. 바자는 대, 갈대, 수수깡, 싸리 따위로 발처럼 엮거나 결어서 만든 물건을 말한다.

쪼인다. '어디 갔을까? 어머니가?' 하고 울 밖에까지 쫓아 나갔다가 앞집 부인을 만났다.

"우리 어머이 못 봤우?"

"못 봤어……. 왜 어디 아프냐? 너."

어머니 못 봤다는 말에 더 말하고 싶지 않은 그는 눈이 벌게서 찾아다니다가 방으로 들어왔다. 그때 뒤뜰에서 무슨 소리가 나므로 벌떡 일어나 뛰어나갔다.

저편 뜨물동이° 옆에는 봉희가 붙어 서서 그 큰 머리를 숙이고 마치 젖 빨 듯이 입을 뜨물동이에 대고 뜨물을 꼴깍꼴깍 들이마시고 있다. 그리고 머리털은 햇볕에 불을 댄 것처럼 빨갛다.

5. 어머니의 마음

사흘 후에 봉염이는 드디어 죽고 말았다. 그의 어머니는 할 수 없이 유모를 그만두고 명수네 집에서 나오게 되었으며 봉희 역시 몹시 앓더니 그만 죽었다. 형제가 죽는 것을 본 주인집에서는 그를 나가라고 성화 치듯 하였다. 그는 참다 못해서 주인 마누라와 아우성을 치면서 싸웠다. 그리고 끌어내기 전에는 움직이지 않을 뜻

° 뜨물동이 뜨물을 담아둔 동이. 뜨물은 곡식을 씻어내 부옇게 된 물을 말한다.

을 보이고 하루 종일 방 안에 누워 있었다. 전날에 그는 미처 집세를 못 내도 주인 대하기가 거북하였는데 지금은 어디서 이러한 대담함이 생겼는지 그 스스로도 놀랄 만하였다.

이제도 그는 주인 마누라와 한참이나 싸웠다. 만일 주인 마누라가 좀 더 야단을 쳤다면 그는 칼이라도 가지고 달라붙고 싶었다. 그러나 다행히 주인 마누라는 그 눈치를 채었음인지 슬그머니 들어가고 말았다. "흥! 누구를 나가래. 좀 안 나갈걸, 암만 그래두." 이렇게 중얼거리며 그는 문 편을 노려보았다. 그리고 좀 더 싸우지 않고 들어가는 주인 마누라가 어쩐지 부족한 듯하였다. 그는 지금 땅이라도 몇십 길 파고야 견딜 듯한 분이 우쩍우쩍 올라왔던 것이다.

분이 내려가더니 잠깐 잊었던 봉염이 봉희, 명수까지 뻔히 떠오른다. 생각하면 할수록 그들은 자기가 일부러 죽인 듯했다. 그가 곁에 있었으면 애들이 그러한 병에 걸렸을는지도 모르거니와 설사 병에 걸렸다더라도 죽기까지는 않았을 것 같았다. 그는 가슴을 탁탁 쳤다. "남의 새끼 키우느라 제 새끼를 죽인단 말이냐……. 이년들 모두 가면 난 어쩌란 말이. 날 마저 데려가라." 하고 소리를 내어 울었다. 그러나 음성도 이미 갈리고 지쳐서 몇 번 나오지 못하고 콱 막힌다. 그러고는 목구멍만 찢어지는 듯했다. 그는 기침을 칵칵 하며 문밖을 흘끔 보았을 때 며칠 전 일이 불현듯이 떠올랐다.

그날 밤비는 좍좍 퍼부었다. 봉염의 어머니는 봉염이가 않는 것을 보고 가서 도무지 잠들 수가 없었다. 그래서 밤중에 그는 속옷 바람으로 명수의 집을 벗어났다. 그가 젖유모로 처음 들어갔을 때 밤마다 옷을 벗지 못하고 누웠다가는 명수네 식구가 잠만 들면 봉희를 찾아와서 젖을 먹이곤 하였다. 이 눈치를 챈 명수 어머니는 밤마다 눈을 밝히고 감시하는 바람에 그 후로는 감히 옷을 입지 못하고 누웠다가는 틈만 있으면 벗은 채로 달려오는 때가 종종 있었던 것이다. 그 밤, 낮에 다녀온 것을 명수 어머니가 뻔히 아는 고로 다시 가겠단 말을 못 하고 누웠다가 그들이 잠든 틈을 타서 소리 없이 문을 열고 나온 것이다. 사방은 지척을 분간할 수 없이 어두우며 몰아치는 바람결에 굵은 빗방울은 그의 벗은 어깨를 사정없이 내리쳤다. 그리고 눈이 뒤집히는 듯 번갯불이 번쩍이고 요란한 천둥소리가 하늘을 때려 부수는 듯 아뜩아뜩하였다.

그러나 그는 지금 아무것도 무서운 것이 없었다. 오직 그의 앞에는 저 하늘에 빛나는 번갯불같이 딸들의 신변이 일각일각˙으로 걱정되었던 것이다.

그가 숨이 차서 집까지 왔을 때 문밖에 허연 무엇이 있음에 그는 깜짝 놀랐다. 그러나 그것은 봉염인 것을 직각하자 그는 와락 달려들었다.

˙ 일각일각 각각의 시각. 시시각각.

"이년의 계집애, 뒈지려고 예 가 누웠냐"

비에 젖은 봉염의 몸은 불 같았다. 그는 또다시 아뜩하였다. 그리고 간폭을 긁어내는 듯함에 그는 부르르 떨었다. 따라서 젖유모고 무엇이고 다 집어치우겠다는 생각이 머리가 아프도록 났다. 그러나 그들이 방까지 들어와서 가지런히 누웠을 때 그의 머리에는 또다시 불안이 불 일듯 하였다. 명수가 지금 깨어서 그 큰집이 떠나갈 듯이 우는 것 같고, 그리고 명수 어머니 아버지까지 깨어서 얼굴을 찡그리고 자기의 지금 행동을 나무라는 듯, 보다도 당장에 젖유모를 그만두고 나가라는 불호령이 떨어지는 듯, 아니 떨어진 듯, 그는 두 딸의 몸을 번갈아 만지면서도 그의 손끝의 감촉을 잃도록 이런 생각만 자꾸 들었다. 그는 마침내 일어났다. 자는 줄 알았던 봉희가 젖꼭지를 쥐고 달려 일어났다. 그리고 "엄마!" 하고 울음을 내쳤다. 봉염이는 차마 어머니를 가지 말란 말은 못 하고 흑흑 느껴 울면서 어머니의 치마 깃을 잡고,

"조금만 더……."

하던 그 떨리는 그 음성……. 그는 지금도 들리는 듯하였다. 아니 영원히 잊히지 않을 것이다.

그는 벌떡 일어났다. 그리고 이 모든 생각을 하지 않으려고 방안을 빙빙 돌았다. 그러나 불똥 튀듯 일어나는 이 쓰라린 기억은 어쩔 수가 없다. 그리고 명수의 얼굴까지 떠올라서 핑핑 돌아간다. 빙긋빙긋 웃는 명수. "그놈 울지나 않는지……." 나오는 줄 모

르게 이렇게 중얼거리고는 그는 억지로 생각을 돌리려고 맘에 없는 딴말을 지껄였다. "에이 이놈의 자식 너 때문에 우리 봉희 봉염이는 죽었다. 물러가라!" 그러나 명수의 얼굴은 점점 다가온다. 손을 들어 만지면 만져질 듯이……. 그는 얼른 손등을 꽉 물었다. 손등이 아픈 것처럼 그렇게 명수가 그립다. 그리고 발길은 앞으로 나가려고 주춤주춤하는 것을 꾹 참으며 어제 이맘때 명수의 집까지 갔다가도 명수 어머니에게 거절을 당하고 돌아오던 생각을 하며 맥없이 머리를 떨어뜨리었다. '흥! 제 자식 죽이고 남의 새끼 보고 싶어 하는 이 어리석은 년아, 왜 죽지 않고 살아 있어? 왜 살아, 왜 살아, 그때 죽었으면 이 고생은 하지 않지.' 하며 남편의 죽은 것을 보고 따라 죽을까? 하던 그때 생각을 되풀이하였다. 그리고 자신이 이러한 비운에 빠지게 된 것은 남편이 죽었기 때문이라고 단정하였다. 그리고 남편을 죽인 공산당, 그에게 있어서는 철천지원수인 듯했다. 생각하면 팡둥도 그의 남편이 없기 때문에 그에게 그러한 일을 감행하지 않았던가. 그렇다, 모두가 공산당 때문이다. 그때 공산당이라고 경비대에게 죽었다는 봉식이가 떠오르며 팡둥의 그 얼굴이 선명하게 나타난다. "이놈 내 아들이 공산당이라구……. 내쫓으려면 그냥 내쫓지 무슨 수작이냐, 더러운 놈……. 봉식아 살았느냐 죽었느냐?" 그는 봉식이를 부르고 나니 어떤 실낱같은 희망을 느꼈다. 국자가로 가자, 그래서 봉식이를 찾자, 할 때 그는 가기 전에 명수를 봐야겠다는 생각이 불쑥 일어난다. 명수, 명수야! 하고 입속으로 부르며 무심히 그는 그의 젖꼭지를 꼭 쥐었다. 지금쯤은 날 부르고 울지 않는가……. 그는 와락 뛰어나왔다. 그러나 명수 어머니의 그 얼굴이 사정없이 그의 앞을 꽉 가로막는 듯했다. 그는 우뚝 섰다. "이년! 명수를 왜 못 보게 하니. 네가 낳기만 했지 내가 입때 키우지 않았니. 죽일 년, 그 애가 날 더 따르지, 널 따르겠니. 명수는 내 거다." 하고 눈을 부릅떴다. 그러나 다음 순간에 명수의 머리카락 하나 자유로 만져보지 못할 자신인 것을 깨달을 때 그는 머리를 푹 숙였다.

고요한 밤이다. 이 밤의 고요함은 그의 활활 타는 듯한 가슴을 눌러 죽이려는 듯했다. 이러한 무거운 공기를 헤치고 물큰 스치는 감자 삶은 내! 그는 지금이 감자 철인 것을 얼핏 느끼며 누구네가 감자를 이리도 구수하게 삶는가 하며 휘돌아보았다. 그리고 뜨끈한 감자 한 톨 먹었으면 하다가 흥! 하고 고소(苦笑)˙를 하였다. 무엇을 먹고 살겠다는 자신이 기막히게 가련해 보였던 것이다. 그는 벽을 의지해서 하늘을 멍하니 바라보았다. 하늘에는 달이 둥실 높이 떴고 별들이 종종 반짝인다. 빛나는 별, 어떤 것은 봉염의 눈 같고 봉희의 눈 같다. 그리고 명수의 맑은 눈 같다. 젖을 주무르며 쳐다보던 명수의 그 눈. "에이 이놈 저리 가라!" 그는 또다시 이렇게 중얼거렸다. 그리고 봉희 봉염의 눈을 생각하였다. 엄마가 그

˙ 고소 어이가 없거나 마지못하여 짓는 웃음. 쓴웃음.

리워서 통통 붓도록 울던 그 눈들, 아아, 이 세상에서야 어찌 다시 대하랴!…… 공동묘지에나 가볼까 하고 그는 충충 걸어 나올 때 달 아래 고요히 놓인 수없는 묘지들이 휙 지나친다. 갑자기 싫은 생각이 냉수같이 그의 등허리를 지나친다. 여기에 툭 튀어나오는 달 같은 명수의 그 얼굴, 그는 멈칫 서며 죽음이란 참말 무서운 것이다, 하며 시름없이 저편을 바라보았다. 그때 그는 무엇에 놀란 사람처럼 후닥닥 달려 나왔다.

앞집 처마 끝 그림자와 이 집 처마 끝 그림자 사이로 눈송이같이 깔리어나간 달빛은 지금 명수가 자지 않고 자기를 부르며 누워 있을 부드러운 흰 포단*과 같았던 것이다. 그러나 그것은 그의 볼을 사정없이 후려치는 듯한 달빛이었다. 그는 두 손으로 볼을 쥐고 그 달빛을 밟고 섰다. 그리고 "명수야!" 하고 쏟아져 나오는 것을 숨이 막히게 참으며 조금도 이지러짐이 없는 저 달을 쳐다보았다. 그의 눈에는 어느덧 눈물이 술술 흐른다. 그리고 '정이란 치사한 것이다!' 하고 생각하였다.

그는 문득 그의 그림자를 굽어보며 이제로부터 자신은 살아야 하나 죽어야 하나가 의문이 되었다. 맘대로 하면 당장이라도 죽어서 아무것도 잊으면 이 위에 더 행복은 없을 것 같다. 그리고 나니 그의 몸은 천근인 듯, 이 무게는 죽음으로써야 해결할 것 같다.

* 포단 침구의 하나. 사람이 앉거나 누울 때 바닥에 깐다.

'죽으면 어떻게 죽나? 양잿물을 마시고⋯⋯. 아니 아니 그것은 못할 게야. 오장육부가 다 썩어내리고야 죽으니 그걸 어떻게⋯⋯. 그러면 물에 빠져⋯⋯.' 그의 앞에는 핑핑 도는 푸른 물결이 무섭게 나타나 보인다. 그는 흠칫하며 벽을 붙들었다. '사는 날까지 살자. 그래서 봉식이도 만나보고 그놈들 공산당들도 잘되나 못되나 보구. 하늘이 있는데 그놈들이 무사할까 부야. 이놈들 어디 보자.' 그는 치를 부르르 떨었다. 마침 신발 소리가 나므로 그는 주인 마누라가 또 싸우러 나오는가 하고 안방 편으로 머리를 돌렸다. 반대 방향에서,

"왜 거기 섰수."

그는 획근 돌아보자 용애 어머니임에 반가웠다. 그리고 저가 명수의 소식을 가지고 오는 듯싶었다.

"명수 봤수?"

"명수? 아까 낮에 잠깐 봤수."

"울지? 자꾸 울 게유!"

용애 어머니는 그를 물끄러미 바라보며 아까 명수가 발악을 하고 울던 생각을 하였다. 그리고 봉염의 어머니 역시 얼마나 명수를 보고 싶어 한다는 것을 즉석에서 알 수가 있었다.

"어제 갔댔수? 명수한테."

"예, 그년이, 죽일 년이 애를 보게 해야지 홍! 잡년 같으니."

용애 어머니는 잠깐 주저하다가,

"가지 말아요. 명수 어머니가 벌써 어서 알았는지 봉염이 봉희가 염병°에 죽었다구 하면서 펄펄 뜁데다. 아예 가지 말아유."

그는 용애 어머니마저 원망스러워졌다.

"염병은 무슨 염병, 그 애들이 없는데야 무슨 잔수작이래유. 그만두래. 내 그 자식 안 보면 죽을까 뭐, 안 가, 안 가유, 흥!"

명수 어머니가 앞에 섰는 듯 악이 바락바락 치밀었다. 그의 기색을 살피는 용애 어머니는,

"그까짓 말은 그만둡시다 우리! 저녁이나 해 자셨수?"

치맛길을 휩싸고 쪼그려 앉은 용애 어머니에게서는 청어 비린내가 물큰 일어난다. 그는 갑자기 자기가 배가 고파서 이렇게 더 어렵다는 것을 알았다. 그리고 용애 어머니에게 말하여 식은 밥이라도 좀 먹어야겠다 하였다.

"오늘도 또 굶었구려. 산 사람은 먹어야지유! 내 그럴 줄 알고 밥을 좀 가져오렸더니……. 잠깐 기대리우. 내 얼른 가져올게."

용애 어머니는 얼른 일어나서 나간다. 봉염의 어머니는 하반신이 끊어지는 듯 배고픔을 느끼며 겨우 방 안으로 들어가서 쾅 하고 누워버렸다. 용애 어머니가 왔다.

"좀 떠보시유. 그리고 정신을 차려유. 그러구 살 도리를 또 해야지……. 저 참 이(利) 남는 장사가 있수."

° 염병 '장티푸스'를 속되게 이르는 말.

봉염의 어머니는 한참이나 정신없이 밥을 먹다가 용애 어머니를 바라보았다.

"아주 이가 많이 남아유. 저, 거시기 우리 영감도 그 벌이 하러 오늘 떠났다오."

"무슨 벌이유?"

벌이라는 말에 그의 귀는 솔깃하였다. 용애 어머니는 음성을 낮추며,

"소금 장사 말유."

"붙잡히면 어쩌유?"

봉염의 어머니는 눈을 둥그렇게 떴다.

"그러기에 아주 눈치 빠르게 잘해야지. 돈벌이하랴면 어느 것이나 쉬운 것이 어디 있수 뭐."

그는 이렇게 말하면서 먼 길을 떠난 영감의 신변이 새삼스럽게 더 걱정이 되었다. 한참이나 그들은 잠잠하고 있었다.

"봉염의 어머니두 몸이 튼튼해지거들랑 좀 해봐유. 조선서는 소금 한 말에 삼십 전 안에 든다는데 여기 오면 이 원 삼십 전! 얼마나 남수."

그의 말에 봉염의 어머니는 기운이 버쩍 나면서도 다시 얼핏 생각하니 두 딸을 잃은 자기다. 남들은 아들딸을 먹여 살리려고 소금짐까지 지지만 자신은 누구를 위하여……? 마침내 자기 일신을 살리려 한다는 결론을 얻었을 때 그는 너무나 적적함을 느꼈다. 그러

나 아무리 자기 일신일지라도 스스로 악을 쓰고 벌지 않으면 누가 뜨물 한 술이나 거저 줄 것일까? 굶는다는 것은 차라리 죽음보다도 무엇보다 무서운 것이다. 보다도 참기 어려운 것은 그것이다. 요 전까지는 그의 정신이 흐리고 온 전신이 나른하더니 지금 밥술을 입에 넣으니 확실히 다르지 않은가. 그리고 가슴을 누르는 듯하던 주위의 공기가 가뿐해 오지 않는가. '살아서는 할 수 없다, 먹어야지……' 그때 그는 문득 중국인의 헛간에서 봉희를 낳고 파 뿌리를 씹던 생각이 났다. 그는 몸서리를 쳤다. 그리고 그 동안에 그는 명수네 집에 비록 맘 고통은 있었을지라도 배고픈 일은 당하지 않았다는 것을 처음으로 느꼈다. 그는 명수의 얼굴을 또다시 머리에 그리며 명수가 못 견디게 자꾸 울어서 명수 어머니가 할 수 없이 날 또다시 데려가지 않으려나? 하면서 밥술을 놓았다.

"왜 더 자시지. 이젠 아무 생각도 말구 내 몸 튼튼할 생각만 해유."

"튼튼할……. 흥, 사람의 욕심이란……. 영감 죽어, 아들 딸……."

그는 음성이 떨리어 목멘 소리를 하면서 문 편을 시름없이 바라보았다. 달빛에 무서우리만큼 파리해 보이는 그의 얼굴을 바라보는 용애 어머니는 나가는 줄 모르게 한숨을 쉬었다.

그리고 '하늘도 무심하다.' 하며 달빛을 쳐다보았다.

"그럼 어쩌우 목숨 끊지 못하구 살 바에는 튼튼해야지. 지나간

일은 아예 생각지 말아유."

이렇게 말하는 용애 어머니는 그의 곁으로 다가앉으며 흐트러진 그의 머리를 만져주었다.

그는 얼핏 명수가 젖을 먹으며 그 토실토실한 손으로 그의 머리카락을 쥐어뜯던 생각이 나서 적이 가라앉았던 가슴이 다시 후닥닥 뛴다. 그는 무의식 간에 용애 어머니의 손을 덥석 쥐었다.

"명수 지금 잘까유?"

말을 마치며 용애 어머니 무릎에 그는 머리를 파묻고 소리를 내어 울었다. 어느덧 용애 어머니 눈에서도 눈물이 흘렀다.

"울지 마우. 그까짓 남의 새끼 생각지 말아유. 쓸데 있수?"

"한 번만 보구는……. 난 안 볼래유. 이제 가유, 네 용애 어머니."

자기 혼자 가면 물론 거절할 것 같으므로 그는 용애 어머니를 데리고 가려는 심산이었다.

용애 어머니는 아까 입에 못 담게 욕을 하던 명수 어머니를 얼핏 생각하며 난처해 하였다.

그래서 그는 언제까지나 잠잠하고 있었다. 봉염이 어머니는 벌떡 일어났다. 그리고 용애 어머니의 손을 잡아끌었다.

"봉염이 어머니, 좀 진정해유. 우리 내일 가봅시다."

하고 그를 꼭 붙들어 주저앉히었다. 달빛은 여전히 그들의 얼굴에 흐르고 있다.

6. 밀수입

북국의 가을은 몹시도 스산하다. 우레 같은 바람 소리가 대지를 뒤흔드는 어느 날 밤 봉염이 어머니는 소금 너 말을 자루에 넣어서 이고 일행의 뒤를 따랐다. 그들 일행은 모두가 여섯 사람인데 그중에 여인은 봉염의 어머니뿐이었다. 앞에서 걷는 길잡이는 십여 년을 이 소금 밀수로 늙었기 때문에 눈 감고도 용이하게 길을 찾아가는 것이다. 그러므로 그들은 이 길잡이에게 무조건 복종을 하였다. 그리고 며칠이든지 소금 짐을 지는 기간까지는 벙어리가 되어야 하며 그 대신 의사 표시는 전부 행동으로 하곤 하였다.

그들은 열을 지어 나란히 걸었다. 바람은 여전히 불었다. 그들은 앞의 사람의 행동을 주의하며 이 바람 소리가 그들을 다그쳐 오는 어떤 신발 소리 같고 또 어찌 들으면 순사의 고함치는 소리 같아 숨을 죽이곤 하였다. 그리고 어제도 이 근방 어디서 소금 짐을 지다 총에 맞아 죽은 사람이 있다지 하며 발걸음 옮김을 따라 이러한 불안이 저 어둠과 같이 그렇게 답답하게 그들의 가슴을 캄캄하게 하였다.

남들은 솜옷을 입었는데 봉염의 어머니는 겹옷을 입고 발가락이 나오는 고무신을 신었다. 그러나 추운 것은 모르겠고 시간이 지날수록 머리에 인 소금 자루가 무거워서 견딜 수 없다. 머리 복판을 쇠뭉치로 사정없이 뚫는 것 같고 때로는 불덩이를 이고 가는 것처럼 자꾸 따가웠다. 그가 처음에 소금 자루를 일 때 사내들과 같이 엿 말을 이려고 했으나 사내들이 극력 말리므로 아쉬운 것을 참고 너 말을 이게 된 것이다. 그런 것이 소금 자루를 이고 단 십 리도 오기 전에 이렇게 머리가 아팠다. 그는 얼굴을 잔뜩 찡그리고 두 손으로 소금 자루를 조금씩 쳐들어 아픈 것을 진정하였으나 아무 쓸데도 없고 팔까지 떨어지는 듯이 아프다. 그는 맘대로 하면 이 소금 자루를 힘껏 쥐어뿌리고* 그 자리에서 자신도 그만 넌떡* 죽고 싶었다. 그러나 그것은 공연한 맘뿐이었다. 발길은 여전히 사내들의 뒤를 따라간다. '사내들과 같이 저렇게 나도 등에 져 보더라면……. 이제라도 질 수가 없을까. 그러려면 끈이 있어야지 끈이……. 좀 쉬어 가지 않으려나, 쉬어 갑시다.' 금시로 이러한 말이 입 밖에까지 나오다는 칵 막히고 만다. 그리고 여전히 손길은 소금 자루를 들어 아픈 것을 진정하려 하였다.

　이마와 등허리에서는 땀이 낙수처럼 흘러서 발밑까지 내려왔다. 땀에 젖은 고무신은 왜 그리도 미끄러운지 걸핏하면 그는 쓰러지려 하였다. 그래서 그는 정신을 바짝 차리면 벌써 앞에 신발 소리는 퍽이나 멀어졌다. 그는 기가 나서 따라오면 숨이 칵칵 막히고 옆구리까지 결린다. '두 말이나 일 것을……. 그만 쏟아 버릴

* 쥐어뿌리다 아무 데나 흘리거나 뿌리다.
* 넌떡 머뭇거리지 않고 단번에 빨리.

까? 어쩌누?' 소금 자루를 어루만지면서도 그는 차마 그리하지는 못하였다.

　어느덧 강물 소리가 어렴풋이 들린다. 그들은 이 강물 소리만 들어도 한결 답답한 속이 좀 풀리는 듯하였다. 강가에 가면 이 소금 짐을 벗어 놓고 잠시라도 쉴 것이며 물이라도 실컷 마실 것 등을 생각하였던 것이다. 그러면서도 강 저편에 무엇들이 숨어 있지나 않을까? 하는 불안이 강물 소리를 따라 높아진다. 봉염이 어머니는 시원한 강물 소리조차도 아픔으로 변하여 그의 고막을 바늘 끝으로 꼭꼭 찌르는 듯 이 모양대로 조금만 더 가면 기진하여 죽을 것 같았다. 마침 앞에 사내가 우뚝 서므로 그도 따라 섰다. 바람이 무섭게 지나친 후에 어디선가 벌레 울음소리가 물결을 따라 들렸다. 끙 하고 앞에 사내가 앉는 모양이다. 그도 털썩 하고 소금 자루를 내려놓으며 쓰러졌다. 그리고 얼른 머리를 두 손으로 움켜쥐며 바늘로 버티어 있는 듯한 눈을 억지로 감았다. 그러면서도 앞에 사내들이 참말로 다들 앉았는가 나만이 이렇게 쓰러졌는가 하여 주의를 게을리하지 않았다.

　아픈 것이 진정되니 온몸이 후들후들 떨린다. 그는 몸을 웅크릴 때 앞에 사내가 그를 꾹 찌른다. 그는 후닥닥 일어났다. 사내들의 옷 벗는 소리에 그는 한층 더 정신이 바짝 들었다. 그는 잠깐 주저하다가 옷을 홀홀 벗어 돌돌 뭉쳐서 목에 달아매었다. 그때 그는 놀릴 수 없이 아픈 목을 어루만지며 '용정까지 이 목이 이 자리에 붙어 있을까?' 하는 의문이 들었다. 그리고 사내가 이어주는 소금 자루를 이고 다시 걷기 시작하였다.

벌써 철버덕철버덕하는 물소리가 나는 것으로 보아 앞에 사람은 강물에 들어선 모양이다. 벌써 그의 발끝이 모래사장을 거쳐 물속에 들어간다. 그는 오스스 추우며 알 수 없는 겁이 버쩍 들어서 물결을 굽어보았다. 시커멓게 보이는 그 속으로 물결 소리만이 요란하였다. 그리고 뭉클뭉클 내려 밀치는 물결이 그의 몸을 울려주었다. 그때마다 머리끝이 쭈뼛해지며 오한을 느꼈다. 그리고 흑 하고 숨을 들이마셨다.

물이 깊어갈수록 발밑에 깔린 돌이 굵어지며 걷기도 몹시 힘들었다. 그것은 돌이 께느른한° 해감탕° 속에 묻히어 있기 때문이다. 그래서 걸핏하면 미끈하고 발끝이 줄달음을 치는 바람에 정신이 아득해지곤 하였다. 봉염이 어머니는 몇 번이나 발이 미끄러지고 또 곱디디었다.° 물은 젖가슴을 확실히 지나쳤다. 그때 그의 발끝은 어떤 바위를 디디다가 미끈하여 달음질쳐 내려간다. 그 순간 온몸이 화끈해지도록 그는 소금 자루를 버티고 서서 넘어지려는 몸을 바로잡으려 하였다. 그러나 벌어지는 다리와 다리를 모을 수가 없었다. 그리고 소리를 쳐서 앞에 사내들에게 구원을 청하려

° 께느른하다 몸을 움직이고 싶지 않을 만큼 힘이 없고 느른하다.
° 해감탕 진흙탕.
° 곱디디다 발을 접질리게 디디다.

하나 웬일인지 숨이 막히고 답답해지며 암만 소리를 질러도 나오지도 않거니와 약간 나오는 목소리도 물결과 바람결에 묻혀버리곤 하였다. 그는 죽을 힘을 다하여 왼발에 힘을 들이고 섰다. 그때 그는 죽는 것도 무서운 것도 아뜩하고 다만 소금 자루가 물에 젖으면 녹아버린다는 생각만이 미끄러져 내려가는 발끝으로부터 머리털 끝까지 뻗치었다.

앞서가는 사내들은 거의 강가까지 와서야 봉염의 어머니가 따르지 않는 것을 눈치채고 근방을 찾아보다가 하는 수 없이 길잡이가 오던 길로 와보았다. 길잡이는 용이하게 그를 만났다. 그리고 자기가 조금만 더 지체하였더라면 봉염이 어머니는 죽었으리라 직각되었다. 그는 봉염이 어머니의 손을 잡아 일으키며 일변˚ 소금 자루를 내리어 자기의 어깨에 메었다. 그리고 그의 발끝에 밟히는 바위를 직각하자 봉염이 어머니가 이렇게 된 원인이 여기 있는 것을 곧 알았다. 그리고 자기는 이 바위 옆을 훨씬 지나쳐 길을 인도하였는데 어쩐 일인가 하며 봉염이 어머니의 손을 꼭 쥐고 걸었다.

봉염의 어머니는 정신이 흐릿해졌다가 이렇게 걷는 사이에 정신이 조금 들었다. 그러나 몸을 건사하기 어렵게 어지러우며 입안에서 군물˚이 실실 돌아 헛구역질이 자꾸 나온다. 그러면서도 머

˚ 일변 그러는 한편.
˚ 군물 공연히 입안에 도는 침. 군침.

리에는 아직도 소금 자루가 있거니 하고 마음대로 머리를 움직이지 못하였다. 그들이 강가까지 왔을 때 맘을 졸이고 있던 나머지 사람들은 욱 쓸어 일어났다. 그리고 저마다 두 사람을 어루만지며 어떤 사람은 눈물까지 흘리었다. 자기들의 신세도 신세려니와 이 부인의 신세가 한층 더 불쌍한 맘이 들었다. 동시에 잠 한잠 못 자고 오롯이 굶어오며 자기들을 기다리고 있을 아내와 어린것들이며 부모까지 생각하고는 뜨거운 한숨을 푸푸 쉬었다.

그 순간이 지나가니 또다시 맘이 졸이고 무서워서 잠시나마 가만히 앉아 있을 수가 없었다. 그래서 그들은 이번에는 봉염이 어머니를 가운데 세우고 여전히 걸었다. 이번에는 밭고랑으로 가는 셈인지 봉염이 어머니는 발끝에 조 벤 자국과 수수 벤 자국에 찔리어서 견딜 수 없이 아팠다. 그는 몇 번이나 고무신을 벗어 버리려 했으나 그나마 버리지는 못하였다. 그는 언제나 이렇게 맘을 내고도 한 번도 그의 속이 흡족하게 실행하지는 못하였다. 그저 망설였다. 나중에는 고무신이 찢어져 조 뿌리나 수수 뿌리에 턱턱 걸려 한참씩이나 진땀을 뽑으면서도 여전히 버리지는 못하였다.

그들이 어떤 산마루턱에 올라왔을 때,

"누구냐? 손 들고 꼼짝 말고 서라. 그렇지 않으면 쏠 터이다!"

이러한 고함 소리와 함께 눈이 부시게 파란 불빛이 쏵 하고 그들의 얼굴에 비친다. 그들은 이 불빛이 마치 어떤 예리한 칼날 같고 또 그들을 향하여 날아오는 총알 같아서 무의식 간에 두 손을 번쩍 들었다. 그리고 이젠 소금을 빼앗겼구나! 하고 그들은 저만큼 속으로 생각하였다. 이렇게 단정은 하면서도 웬일인지 저들이 공산당이 아닌가 혹은 마적단인가 하며 진심으로 그리되었으면 하고 바랐다. 공산당이나 마적단들에게는 잘 빌면 소금 짐 같은 것은 빼앗기지 않기 때문이었다.

길잡이로부터 시작하여 깡그리 몸 뒤짐을 하고 난 저편은 거풋하게* 불을 끄고 한참이나 중얼중얼하였다. 그들은 불을 끄니 전신이 소름이 오싹 끼치며, 저놈들이 칼을 빼어 들었는가 혹은 총부리를 겨누었는가 하여 견딜 수 없이 안타까웠다. 그때 어둠 속에서는,

"여러분! 당신네들이 왜 이 밤중에 단잠을 못 자고 이 소금 짐을 지게 되었는지 아십니까!"

쇳소리 같은 웅장한 음성이 바람결을 타고 높았다 떨어진다. 그들은 '옳다! 공산당이구나! 소금은 빼앗기지 않겠구나. 저들에게 뭐라구 사정하면 될까?' 하고 두루 생각하였다. 저편의 음성은 여전히 흘러나왔다. 그들은 말하는 시간이 지날수록 어서 말을 그치고 놓아 보냈으면 하였다. 그리고 이 산 아래나 혹은 이 산 저편에 경비대가 숨어 있어 우리들이 공산당의 연설을 듣고 있는 것을 들으면 어쩌나 하는 불안이 자꾸 일어난다. 봉염의 어머니는 저편의

---

* 거풋하다 품새가 매우 가볍다.

연설을 듣는 사이에 싼더거우 있을 때 봉염이를 따라 학교에 가서 선생의 연설 듣던 것이 얼핏 생각나며 흡사히도 그 선생의 음성 같았다. 그는 머리를 번쩍 들며 저편을 주의해 보았다. 다만 칠 같은 어둠만이 가로막힌 그 속으로 음성만 들릴 뿐이다. 그는 얼른 '우리 봉식이도 저 가운데나 섞이지 않았는가.' 하였으나 그는 곧 부인하였다. 그리고 봉식이가 보통 아이와 달라 똑똑한 아이니 절대로 그런 축에는 섞이지 않았을 것이라고 단정되었다. 이렇게 생각하고 나니 봉식이에 대한 불안은 적어지나 저들의 말하는 것이 어쩐지 이 소금 자루를 빼앗으려는 수단 같기도 하고 저 말을 그치고 나면 우리를 죽이려는가 하는 의문이 자꾸 들었다.

어둠 속에서 연설이 끝난 후에 원로˙에 잘 다녀가라는 인사까지 받았다. 그들은 얼결에 또다시 걸었다. 그러면서도 저들이 우리를 돌려보내는 것처럼 하고 뒤로 따라오며 총질이나 하지 않으려나 하여 발길이 허둥거렸다. 그러나 그들이 산을 넘어 밭머리로 들어설 때 비로소 안심하고 공산당들 □□□□□□□□□□□□˙ 들이지 하고 한숨 끝에 탄식하였다.

봉염의 어머니는 조급한 맘을 진정할수록 저들이 의심할 수 없는 공산당들이었구나! 하였다. 그리고 아까 그들의 앞에서 꼼짝

˙ 원로(遠路) 먼 길.
˙ 원문 탈락.

하지 못하고 섰던 자신을 비웃으며 세상에 제일 못난 것은 자기라 하였다. 남편을 죽이고 자기를 이와 같은 구렁에 빠뜨린 저들 원수를 마주 서고도 말 한마디 못 하고 떨고 섰던 자신! 보다도 평시에 저주하고 미워하던 그 맘조차도 그들 앞에서는 감히 생각도 못한 자기. 아아! 이러한 자기는 지금 살겠노라고 소금 자루를 지고 두 다리를 움직인다. 그는 기가 막혀서 웃음이 나올 지경이었다. 그리고 못난 바보일수록 살겠다는 욕망은 더 크다고 깨달았다. 동시에 한 가지 의문 되는 것은 저들이 어째서 우리들의 소금 짐을 빼앗지 않고 그냥 보내었을까였다. '그렇게 사람 죽이기를 파리 죽이듯 하고 돈과 쌀을 잘 빼앗는 그놈들이······.' 하며 그는 이제야 저주하기 시작하였다.

그들은 낮에는 산속에서 혹은 풀숲에서 숨어 지내고 밤에만 걸어서 사흘 만에야 겨우 용정까지 왔다. 집까지 온 봉염이 어머니는 소금 자루를 어디에다가 감추어야 좋을지 몰라 한참이나 망설이다가 낡은 상자 안에 넣어서 방 한구석에 놓고야 되는 대로 주저앉았다. 방 안에는 찬바람이 실실 돌고 방바닥은 얼음덩이같이 차다. 그는 머리와 발가락을 어루만지며 목이 메어서 울었다. 집에 오니 또다시 봉염이며 봉희며 명수까지 선하게 보이는 듯하였던 것이다. 그들이 곁에 있으면 이렇게 쓰리고 아픈 것도 한결 나을 것 같다. 그는 한참이나 울고 난 뒤에 사흘 동안이나 지난 생각을 하며 무의식 간에 몸서리를 쳤다. 그리고 이 눈물도 여유가 있어야 나온다는 것을 알았다. 그는 "으흠." 하고 신음을 하며 누울 때 소금 처치할 것이 문득 생각난다. 남들은 벌써 다 팔았을 터인데 누가 소금 사러 오지 않는가 하여 문 편을 흘금 바라보다가 '내가 소금 짐을 져 왔는지 여 왔는지 누가 알아야지, 그만 내가 일어나서 앞집이며 뒷집을 깨워서 물어볼까? 그러다가 참말 순사를 만나면 어떻게 해?' 하며 그는 부스스 일어나려 하였다. 아! 소리를 지르도록 다리뼈 마디가 맞질리어˙ 그는 한참이나 진정해 가지고야 상자 곁으로 왔다.

　그는 잠깐 귀를 기울여 밖을 주의한 후에 가만히 손을 넣어 소금 자루를 쓸어 만졌다. '이것을 팔면 얼만가……. 팔 원하고 팔십전! 그러면 밀린 집세나 마저 물고……. 한 달 살까? 이것을 밑천으로 무슨 장사라도 해야지. 무슨 장사…….?' 하며 그는 무심히 만져지는 소금 덩이를 입에 넣으니 어느덧 입안에는 군물이 시르르 돌며 밥이라도 한술 먹었으면 싶게 입맛이 버쩍 당긴다. 그는 입맛을 다시며 침을 두어 번 삼킬 때 '소금이란 맛을 나게 한다. 아무리 좋은 음식이나 소금이 들지 않으면 맛이 없다. 그렇다!' 하였다. 그때 그는 문득 남편과 아들딸이 생각나며 그들이 있으면 이 소금으로 장을 담가서 반찬 해 먹으면 얼마나 맛이 있을까! 그러나 그들을 잃은 오늘에 와서 장을 담을 생각인들 할 수가 있으

˙ 맞질리다 양쪽 사물이 서로 내뻗치어 마주 질리게 되다.

라! 그저 죽지 못해 먹는 것이다. 그는 한숨을 푹 쉬었다. 생각하니 자신은 소금 들지 않은 음식과 같이 심심한 생활을 한다. 아니 괴로운 생활을 한다. 이렇게 괴로운…… . 하며 그는 머리를 슬슬 어루만졌다. 머리는 얼마나 이그러지고 부어올랐는지 만질 수도 없이 아프고 쓰리었다. 그는 얼굴을 상자에 대며, "봉식아, 살았느냐 죽었느냐 이 어미를 찾으렴…… . 난 더 살 수 없다!"

어느 때인가 되어 무엇에 놀라 그는 벌떡 일어났다. 벌써 날은 환하게 밝았는데 어떤 양복쟁이 두 명이 소금 자루를 내놓고 그를 노려보고 있다. 그는 그들이 순사라는 것을 번개같이 깨닫자 풀풀 떨었다.

"소금표 내놔!"

관염(官鹽)은 꼭 표를 써주는 것이다. 그때 그는 숨이 콱 막히며 앞이 캄캄해 왔다. 그리고 얼른 두만강에서 소금 자루를 빠뜨리지 않으려고 죽을힘을 다하였었던 그때와 흡사하게도 그의 신경이 날카로워지는 것을 느꼈다. 그때는 길잡이가 와서 그의 손을 잡아 살아났지만 아아! 지금에 단포˚와 칼을 찬 저들을 누가 감히 물리치고 자기를 구원할까?

"이년! 너 사염(私鹽)을 팔러 다니는 년이구나. 당장 일어나라!"

순사는 그의 눈치를 채고 이것이 관염이 아닌 것을 곧 알았다.

˚ 단포 '단총'의 북한어.

그래서 그는 이렇게 소리치며 그의 손을 잡아 낚아챘다. 별안간 그의 몸은 화끈 달며 어젯밤 산마루에서 무심히 아니 얄밉게 들었던 그들의 말이 떠오른다. "당신네들은 우리의 동무입니다! 언제나 우리와 당신네들이 합심하는 데서만이 우리들의 적인 돈 많은 놈들을 대적할 수 있습니다." 캄캄한 어둠 속에서 이어지던 이 말! 그는 가슴이 으적하였다. 소금 자루를 뺏지 않던 그들이었다. 그들이 지금 곁에 있으면 자기를 도와 싸울 것 같다. 아니 꼭 싸워 줄 것이고 "ㅁㅁㅁ 내 소금을 빼앗은 것은 돈 많은 놈이었구나!" 그는 부지중에 이렇게 고함쳤다. 이때까지 참고 눌렀던 불평이 불길같이 솟아올랐다. 그는 벌떡 일어났다.

《소금》(심진경 엮고 옮김, 민음사)을 **바탕으로**
표기와 주석을 추가 및 수정하였음.

• 2005년 한만수가 국립과학수사연구소 문서감식실의 도움을 얻어 과학적 방법으로 복원한 〈소금〉의 마지막 부분.

작품 이해하기

이 소설은 1934년 《신가정》에 발표된 단편소설이다. 남편을 잃고, 자식도 잃고, 소금도 잃을 위기에 처한, 세상으로부터 떠밀려 가는 봉염이 어머니의 지독한 생존기를 담고 있다. 돈벌이를 하며 가정을 지키고자 했던 봉염이 어머니의 작은 소망은 이루어지지 않는다.

봉염이네 가족이 지주의 횡포와 수탈을 견디다 못해 넘어온 간도는 자위단, 보위단, 공산당 간의 세력 다툼이 첨예하게 벌어지는 곳이다. 부뚜막 앞에 반드시 비밀 토굴을 파둘 정도로 언제 생명의 위협을 당할지 모르는 일촉즉발의 상황에 놓여 있다.

자위단에게 고맙게 굴며 위태로운 줄타기를 하던 봉식 아버지는 공산당의 손에 죽는다. 봉식은 그렇게 할 수밖에 없었던 아버지의 입장을 생각하며 공산당에 들어가고, 공산당에 가담했기 때문에 죽임을 당한다. 남편과 아들을 잃은 봉염 어머니는 지주인 팡둥의 도움을 받는 듯싶으나, 정조를 유린당하고 그의 아이를 밴 채 쫓겨난다.

비가 새는 남의 집 헛간에서 아기를 출산한 그녀는, 아기를 향한 강한 모성애를 느끼며 아이들을 위해 살아야겠다고 마음을 굳게 먹는다. 돈벌이를 위해 얻은 '젖유모' 자리를 감당하는 동안, 찬밥처럼 집에 남겨진 아이들은 차례로 죽음을 맞이하게 된다.

남의 새끼 키우느라 제 새끼를 죽였다는 죄책감에 빠져 있던 봉염 어머니는, 자기 일신을 살리기 위한 도전을 시작한다. 바로 소금을 밀수하는 것이다. 죽을 고비를 몇 번이고 넘기며 마침내 소금 밀수에 성공한 것도 잠시, 소금 밀수 정황이 순사에게 발각되고 만다. 그 순간 소금 짐을 지고 오는 길에서 들은 공산당의 연설이 떠오르며, 봉염이 어머니는 불같은 분노를 표출한다.

봉염 어머니의 분노가 향하는 대상은 누구인가? 작품에서 명시하듯 봉염 어머니가 분노하는 대상은 '돈 많은 놈'이다. 생산 수단을 소유한 자본가, 즉 돈 많은 놈으로 인하여 노동자는 착취당하고 가난의 굴레를 벗어날 수 없게 된다. 이러한 구조적 모순을 해결하기 위해 서로를 도와 싸우자는 것이 공산당의 논리라고 할 수 있다. 나아가 이 작품이 식민 자본주의를 배경으로 하고 있다는 점을 고려한다면, 돈 많은 놈은 일제로 대표되는 식민 자본을 의미한다고 할 수 있다.

이렇게 봉염 어머니의 의식이 입체적으로 변화되는 과정을 따라가다 보면 자본가와 노동자로 표현되는 계급의 문제가 드러난다. 또한 그 심층부에는 식민 자본주의의 모순이 자리 잡고 있다. 하지만 이 소설이 이념적으로 다가오지 않는 것은, 봉염 어머니가 선택한 공산당의 의미가 결국에는 '소금'에 있기 때문이다. 작가의 문제의식이 이념에 종사하거나 집어 삼켜지는 게 아닌, 구체적인 현실 공간에서 인물의 생명과 욕구를 향해 형상화되고 있다는 점에서 이 작품의 가치는 높이 평가될 수 있다.

'파를 먹구도 사는가'

남의 집 헛간에서 땀과 피를 흘리며 출산을 한 산모가 텅 빈 배를 채우기 위해 침을 흘리며 파를 삼키는 장면은 가히 충격적이다. '파를 먹구도 사는가'라는 탄식은 '그녀는 왜 파를 먹고 사는가'라는 생각을, 나아가 '그녀는 왜 가난한가'라는 의문을 품게 한다.

봉염이네 가족은 고향에서도, 그리고 간도에서도 땅을 빌려 농사를 짓는 소작농의 처지이다. 먹고사는 문제가 지주에게 달려 있다는 냉엄한 현실 앞에서, 그들은 여름내 농사지은 벼를 전부 빼앗기기도 하고 위협적인 세력의 비위를 맞추다가 죽임을 당하기도 한다. 땅을 소유하지 못한 소작농은 아무리 노력해도 가난을 극복할 수 없고 영원히 착취당하게 되는 것이다.

이렇게 파를 먹고도 살아가는 사람들의 모습은, 식민지 자본주의 체제에서 포식자에게 귀속된 채 생존을 위협당하는 하층민들의 생활고를 선명하게 드러낸다.

작품의 초반부에 봉염이 어머니는 "그저 죽어야 해."라는 말을 습관처럼 내뱉고, 남편과 아들에게 의지하며 자신을 둘러싼 생활고를 수동적으로 인식하는 모습을 보인다. 팡둥에게 겁탈을 당한 뒤에도 분노하기보다는 그의 마음을 얻어 생계를 꾸려가고자 하는 기이한 모습을 보이기도 한다. 결국 팡둥에게도 버림을 받은 봉염이 어머니는 봉희를 출산하면서 "내가 왜 죽어, 꼭 산다. 너희들을 위하여 꼭 산다."라는 굳은 결심을 하게 된다.

하지만 여성으로서 자식을 부양하기에 세상은 녹록지 않았다. 그녀가 벌이를 할 수 있는 방법이라곤 봉희에게 줄 젖을 다른 자식에게 주는 것뿐이었다. 식민지 조선에서 여성의 몸은 물질로서 생계를 위한 수단과 착취의 대상이 되고 만다.

하지만 삶의 유일한 의미였던 자식들마저 모두 잃게 되자, 그녀는 마침내 '자기 일신'을 살리려는 결론을 얻게 된다. 소금표를 보이라는 순사에게 불길같이 고함을 치는 봉염이 어머니의 모습은, 간이 안 된 밥을 지어 속상해하던 모습과는 다르게 다가온다.

변화된 봉염이 어머니는 눈앞의 고통을 버텨내고, 고통의 원인을 탐구하는 과정에서 비로소 주체성을 갖춘 여성으로 거듭난다. 순사와의 대화 이후에 봉염 어머니는 어떤 삶을 살아가게 될까? 세상은 여전히 그녀에게 가혹하겠지만, 자기 삶의 주인이 되어 당당한 주체로 살아갈 것임은 쉽게 짐작할 수 있다.

인식의 변화

봉염이 어머니는 공산당이라는 말만 들어도 소름이 끼쳐서 못 견뎌 할 정도로 공산당을 원수로 생각한다. 그런데 '소금 밀수를 하는 과정에서 공산당의 연설을 듣게 되는 사건'과 '소금을 빼앗으려는 순사와 만난 사건'을 통해 돈 많은 자들을 적으로, 공산당을 동무로 인식하게 된다.

봉염 어머니의 인식이 변화되는 장면은 민족이 겪고 있는 가난에 대한 작가의 전망이 담긴 부분이라고 할 수 있으며, 지옥과 같은 현실에 투쟁하고 그것을 돌파할 것을 강조하는 것으로 볼 수 있다.

한편 서사적인 측면에서 인물의 변화 과정에 인과성이 있는지는 고민해 볼 만한 문제이다. 단지 위의 두 가지 사건을 통해 봉염이 어머니가 곧바로 공산당에 대한 원한을 풀고 연대감을 갖는 모습은 다소 비약적으로 보이기도 한다. 다른 한편 두 가지 사건 이전부터 봉염의 어머니는 가진 자들에 의해 착취와 차별을 받아왔으며, 이러한 모순적 현실 속에서의 경험이 누적된 상황에서 해결책을 찾은 것이라 평가할 수도 있겠다.

소금의 의미

봉염 어머니가 살아가는 공간에서 소금은 그 가격 때문에 울 정도로 비싸다. 간을 맞추지 못한 밥을 먹던 그녀의 남편은, 주먹 같은 땀방울이 맺힐 정도로 고춧가루를 국에 떠 넣으며 간 없는 식사를 삼킨다. 소금은 인간이 생존을 유지하기 위한 필수적인 물질이지만, 봉염이네 가족은 그것이 결핍되어 있다. 고향에서는 이를 닦을 정도로 흔한 소금이 간도에서는 왜 이렇게 비쌀까? 일제가 관염만을 합법적으로 인정하여 막대한 시세 차익을 거두는 방식으로 식민 백성들을 수탈하고 기본적인 생존을 위협했기 때문이다. 소금은 이러한 식민지 권력의 비인간성을 보여주는 단서가 된다.

또한 소금은 가족을 모두 잃은 봉염 어머니가 자신의 삶을 책임지는 수단이 된다. '소금 짐'을 지는 것을 계기로 자신의 생존을 위해 누군가에게 의지하려던 모습에서 벗어나, 적극적으로 현실을 개선하기 위해 몸부림치기 시작한다.

마지막으로 소금은 봉염 어머니가 공산당과 순사에 대한 가치 판단을 내리는 근거가 된다. 봉염 어머니는 공산당과 조우했을 때와 순사와 조우했을 때 모두 소금을 빼앗기지 않을까 염려한다. 유일한 생존 수단인 소금을 빼앗으려는 순사의 모습과 대조되는 방식으로, 소금 자루를 뺏지 않던 공산당을 자기를 도와 싸워줄 동무로서 인식하게 된다.

'문학 연구'와 '국과수'가 만나다

강경애의 <소금> 중 일부는 일제의 검열로 인해 지워진 붓질 복자가 240자가량 있었다. 붓질 복자란 인쇄를 마친 후 검열 과정에서 삭제 지시를 받은 내용을 붓으로 먹칠을 하여 지운 글자를 말한다. 재인쇄에는 경비가 많이 들게 되는 까닭에 붓질을 하는 것이 일반적이었는데, 이미 인쇄된 이후에 먹칠로 지웠으므로 과학적 처리를 통해 복원할 가능성이 생긴 것이다.

인쇄한 잉크와 붓질로 입힌 먹은 화학적 성분이 카본 블랙(carbon black)으로 똑같아서 화학적 방식을 통한 복원은 불가능했다. 이 당시는 활판 인쇄의 방식을 사용했으므로, 종이가 눌린 자국인 '압흔'을 추적하는 물리적 방식을 도입하여 자외선 및 적외선 조사를 시행했다. 하지만 《신가정》은 예산이 충분치 못해 지질이 나쁜 종이를 사용한 데다가 시일이 많이 경과되어 압흔이 선명하지 않았다. 이에 따라 사광(射光)이나 투사광을 이용해 빛을 비추며 관찰하는 방식을 다시 시도하였다. 또한 불명확한 한두 글자 등에 대해서는 문맥을 통해 유추해 보충하는 식으로 상당히 많은 붓질 복자를 복원하게 된다.

북한에서도 붓질 복자에 대한 복원이 이루어졌다. 남한의 복원본과 유사성도 일부 있지만, 내용적인 면에서 크게 다른 양상을 보인다. 남한의 복원본보다 투쟁적 성격이 훨씬 강화되어 있던 것이다. 북한의 복원본은 작가가 아닌 누군가가 전체 얼개를 바탕으로 손을 댄 '개작(改作)'이라 추정된다.

국과수 문서감식팀과의 협동 작업을 통해 우리는 소중한 문학 작품의 원전을 확정하는 성과를 거두었다. 나아가 일제의 검열로 인해 '쓸 수 없었던 것'이 무엇인지를 확인하는 작업은, 작가가 '쓰고자 했던 것'에 대한 종합적인 이해를 돕는 중요한 자료라는 점에서 중요한 의미를 지닌다.

질문으로 더 생각해 보기

- 팡둥이 봉염이네를 쫓아낸 이유는 무엇일까?

- 명수를 돌보느라 두 자식을 잃고 난 봉염 어머니가 여전히 명수에 대해 갖고 있는 끈질긴 애정의 정체는 무엇일까?
- 아래의 내용이 감동을 주는 이유는 무엇일까?

  "그럼 어쩌우 목숨 끊지 못하구 살 바에는 튼튼해야지. 지나간 일은 아예 생각지 말아유."

  이렇게 말하는 용애 어머니는 그의 곁으로 다가앉으며 흐트러진 그의 머리를 만져 주었다.

  자기들의 신세도 신세려니와 이 부인의 신세가 한층 더 불쌍한 맘이 들었다. 동시에 잠 한잠 못 자고 오롯이 굶어 오며 자기들을 기다리고 있을 아내와 어린것들이며 부모까지 생각하고는 뜨거운 한숨을 푸푸 쉬었다.

  그래서 그들은 이번에는 봉염이 어머니를 가운데 세우고 여전히 걸었다.

- 봉염이의 "어머니, 왜 돈 없는 것을 알아야 해요. 운동화는 왜 못 사줘요. 오빠는 왜 공부 못 시켜요!"라는 말에서, 봉염이가 어머니에게 하고 싶었던 말은 무엇이었을까?
- 왜 이야기는 봉염 어머니에게 단 한 명의 가족도 남기지 않고 흘러가는 걸까?

지하촌

해는 서산 위에서 이글이글 타고 있다.

칠성이는 오늘도 동냥자루를 비스듬히 어깨에 메고 비틀비틀
이 동리 앞을 지났다. 밑 뚫어진 밀짚모자를 연방 내려 쓰나, 이마
는 따갑고 땀방울이 흐르고 먼지가 연기같이 끼어, 그의 코밑이
매워 견딜 수 없다.

"이애 또 온다."

"어아."

동리서 놀던 애들은 소리를 지르며 달려온다. 칠성이는 조놈의
자식들을 또 만나는구나 하면서 속히 걸었으나, 벌써 애들은 그의
옷자락을 툭툭 잡아당겼다.

"이애 울어라 울어."

한 놈이 칠성이 앞을 막아서고 그 큰 입을 헤벌리고 웃는다. 여
러 애들은 죽 돌아섰다.

"이애 이애, 네 나이가 얼마?"

"거게 뭐 얻어 오니? 보자꾸나."

한 놈이 동냥자루를 툭 잡아채니, 애들은 손뼉을 치며 좋아한

다. 칠성이는 우뚝 서서 그중 큰 놈을 노려보고 가만히 서 있었다.
앞으로 가려든지 또 욕을 건네면, 애들은 더 흥미가 나서 달라붙
는 것임을 잘 알기 때문이다.

"바루* 바루 점잖은데."

머리 뾰족 나온 놈이 나무 꼬챙이로 갓 눈 듯한 쇠똥을 찍어 들고
대들었다. 여러 놈은 깔깔거리면서 저마다 쇠똥을 찍어 들고 덤볐
다. 칠성이도 여기는 참을 수 없어서 막 서두르며 내달아 갔다.

두 팔을 번쩍 들고 부르르 떨면서 머리를 비틀비틀 꼬다가 한
발 지척 내디디곤 했다. 애들은 이 흉내를 내며 따른다. 앞으로 막
아서고 뒤로 따르면서 깡충깡충 뛰어 칠성이의 얼굴까지 똥칠을
해놓는다. 그는 눈을 부릅뜨고,

"이, 이놈들!"

입을 실룩실룩하다가 겨우 내놓는 말이 애들은,

"이놈들!"

하고 또한 흉내를 내고 대굴대굴 굴면서 웃는다. 쇠똥이 그의 입
술에 올라가자, 앱 투 하고 침을 뱉으면서 무섭게 눈을 떴다.

"무섭다, 바루 바루."

애들은 참말 무섭게 보았는지 슬금슬금 꽁무니를 빼기 시작하
였다. 칠성이는 팔로 입술을 비비고 떠들며 돌아가는 애들을 물끄

* 바루 매우.

러미 바라보았다. 웬일인지 자신은 세상에서 버림을 받은 듯 그렇게 고적하고 분하였다.

그들이 물러간 후에, 신작로는 적적하고 죽 뻗어나가다가, 조밭을 끼고 조금 굽어진 저 앞이 뚜렷했다. 그 위에 수수밭 그림자 서늘하고……. 그는 걸었다. 옷에 묻은 쇠똥을 털었으나, 떨어지지 않을 뿐만 아니라, 퍼렇게 물이 든다. 그는 어디라 할 것 없이 멍하니 바라보다가 산 밑으로 와서 주저앉았다.

긴 풀에 잔바람이 홀홀히 감기고 이따금 들리는 벌레 소리, 어디 샘물이 있는가 싶었다. 그는 보기 싫게 돋은 머리를 벅벅 긁어당기며 무심히 앞을 보았다. 수림 속에 햇발이 길게 드리웠고, 짹짹하는 새소리 처량하게 들리었다. 난 왜 병신이 되어 그놈의 새끼들한테까지 놀림을 받나 하고 불쑥 생각하면서 곁의 풀대를 북뽑았다. 손목은 찌르르 울렸다.

큰년이가 살까! 그는 눈이 멀고도 사는데, 난 그보다야 훨씬 낫지. 강아지의 털같이 보드라운 털을 가진 풀 열매를 바라보며 이렇게 생각하였다. 큰년이가 천천히 떠오른다. 곱게 감은 눈, 그것 참! 그는 진저리를 쳤다. 그리고 곁에 놓인 동냥자루를 보면서, 오늘 얻어 온 것 중에 가장 맛있고 좋은 것으로 큰년이에게 보내야지 하였다. 어떻게 보낼까? 밤에 바자˚ 위로 넘겨줄까. 큰년이가

˚ 바자 대, 갈대, 수수깡, 싸리 따위로 발처럼 엮거나 결어서 만든 물건. 울타리를 만드는 데 쓰인다.

나와 바자 곁에 서 있어야 되지. 그럼 누가 나오라고 해줘야지. 누가 그래, 안 되어, 그럼 칠운이를 들려서 보내야지. 아니 아니, 큰년이의 어머니가 알게 되고 또 우리 어머니가 알지. 안 되어, 낮에 김들 매러 간 담에 몰래 바자로 넘겨주지. 그는 가슴이 설레어 부스스 일어나고 말았다.

가죽을 벗겨낼 듯이 내리쬐던 해도 어느덧 산속으로 숨어버리고, 어디선가 불어오는 바람이 풀잎을 살랑살랑 흔들고 그의 몸에 스며든다. 그는 동냥자루를 매만지다가 어깨에 메고 지척거리며˚ 발길을 내디디었다.

하늘은 망망한 바다와 같이 탁 터지고, 저 멀리 붉은 놀이 유유히 떠돌고 있다. 그는 밀짚모자를 젖혀 쓰고 산 밑을 떠났다. 걸음에 따라 쇠똥내가 물씬하고 났다.

그가 산모퉁이를 돌아 동리 앞까지 왔을 때, 그의 동생인 칠운이가 아기를 업고 쪼루루 달려온다.

"성 이제 오네. 히, 자꾸자꾸 봐도 안 오더니."

큰 눈에 웃음을 북슬북슬 띠고 형의 곁으로 다가서는 칠운이는 시커먼 동냥자루를 덥석 쥐어 무엇을 얻어 온 것을 어서 알려고 하였다.

"오늘도 과자 얻어 왔어?"

˚ 지척거리다 힘없이 다리를 끌면서 자꾸 억지로 걷다.

"아, 아니."

칠성이는 얼른 동냥자루를 옮기고 주춤 물러섰다. 칠운이는 따라섰다.

"나 하나만 응야, 성아."

침을 꿀떡 넘기고 새카만 손을 내민다. 그 바람에 아기까지 두 손을 쭉 펴들고 칠성이를 말끔히 쳐다본다.

"이 이 새끼는……."

칠성이는 홱 돌아섰다. 칠운이는 넘어질 듯이 쫓아갔다.

"응야 성아, 나 하나만."

"없, 없어……."

형은 눈을 치떴다. 칠운이는 금시로 눈물이 글썽글썽해서 형을 보았다.

"난 어마이 오면 이르겠네. 씨, 도무지 안 준다고, 아까 아까 어마이가 밭에 나가면서 아기 보라면서 저 성이 사탕 얻어다 준다고 했는데, 씨 난 안 준다고 다 일러 씨, 흥."

칠운이는 입을 비쭉하더니, 주먹으로 눈물을 씻는다. 아기는 영문도 모르고 으아 하고 울음을 내쳤다.

주위는 감실감실 어두워오는데, 칠운이는 흑흑 느껴 울면서 그들의 어머니가 올라가 있을 저 산을 바라고 뛰어간다.

"어머이, 어머이."

하고 칠운이가 목메어 부르면, 번번이 아기도,

"엄마 엄마."

하고 또랑또랑히 불렀다. 응응하는 앞산의 반응은 어찌 들으면 어머니의 "왜" 하는 대답 같기도 했다. 칠성이는 칠운이와 영애가 보이지 않는 것만 다행으로 돌아서 걸었다.

동네는 어둠에 푹 싸여 아무것도 보이지 않으나, 동네 앞으로 우뚝 서 있는 늙은 홰나무만이 별을 따려는 듯 높아 보였다. 그는 이제 어떻게 해서라도 큰년이를 만날 것과, 또 얻어 온 이 과자를 큰년이의 손에 쥐여줄 것을 생각하며 걸었다.

"칠성이냐?"

어머니의 음성이 들린다. 그는 돌아다보았다. 나무를 한 임* 이고 이리로 오는 어머니의 얼굴은 보이지 않으나, 웬일인지 그의 머리가 숙여지는 듯해서 번쩍 머리를 들었다.

"왜 오늘 늦었느냐?"

아까 밭에서 산으로 올라갈 때 몇 번이나 아들이 나오는가 하여 눈이 가물가물해지도록 읍 길을 바라보아도 안 보이므로 어디 가 넘어져 애를 쓰는가, 또 애새끼들한테서 돌팔매질을 당하는가 하여 읍에까지 가볼까 하였던 것이다. 칠성이는 어머니의 이 같은 물음에 애들에게 쇠똥칠 당하던 것이 불시에 떠오르고, 코허리가 살살 간지럽기 시작하였다.

---

* 임 머리 위에 인 물건. 또는 머리에 일 만한 정도의 짐.

어머니는 갈잎내를 확 풍기면서 그의 곁으로 다가선다. 그 큰 임을 이고서 아기까지 둘러업었다.

"어마이, 성은 나 사탕 안 준다야 씨."

칠운이는 어머니의 치맛귀를 잡고 늘어진다. 그 바람에 어머니는 앞으로 쓰러질 듯했다가 도로 서서 한 손으로 칠운이를 어루만졌다.

"저놈의 새 새끼, 주 죽이고 말라."

칠성이는 발길로 칠운이를 차려 하였다. 어머니는 또 쓰러질 듯 막아섰다.

"글지 말어라. 원 그것이 해종일 아기 보느라 혼났다. 허리엔 땀 띠가 좁쌀알같이 쭉 돋았구나. 여북 아프겠니 원."

어머니는 말끝에 한숨을 푹 쉰다. 칠성이는 문득 쇠똥내를 물큰 맡으면서 화를 버럭 올리었다.

"누, 누구는 가만히 앉아 있었나!"

"아니 그렇게 하는 말이 아니어, 칠성아."

어머니는 목이 메어 다시 말을 계속하지 못한다. 그들은 잠잠히 걸었다.

집에 온 그들은 나뭇단 위에 되는대로 주저앉았다. 어머니는 칠성의 마음을 위로하느라고 이말 저말 끄집어냈다.

"올해는 웬 쌀 쐐기* 그리 많으냐. 손이 얼벌벌하구나.*"

• 쐐기 해충의 일종.
• 얼벌벌하다 맛이나 느낌이 얼얼하고 뻐근하다.

114

어머니는 그 손을 한 번쯤 들여다보고 싶은 것을 참고 아이를 어루만지다가 젖을 꺼냈다. 칠운이는 나뭇단을 퉁퉁 차면서 훙훙거린다. 칠성이는 동생들이 미워서 더 앉아 있을 수가 없어 일어났다. 그는 어둠 속을 휘 살피고 큰년이가 저 속에 어디 섰지 않은가 했다.

방으로 들어온 칠성이는 이제 툇돌에 움찔린 발가락을 엉덩이로 꼭 눌러 앉고 일변 칠운이가 들어오지 않는가 귀를 기울이며 문을 걸었다. 그리고 동냥자루를 가만히 쏟았다. 흩어지는 성냥과 쌀알 흐르는 소리, 솜털이 오싹 일어, 그는 몸을 움찔하면서 얼른 손을 내밀어 하나하나 만져보았다, 역시 그 안에 있는 돈 생각이 나서, 돈마저 꺼내 가지고 우두커니 들여다보았다. 비록 방 안이 어두워서 그 모든 것이 보이지 않으나 눈곱같이 눈구석에 박혀 있는 듯했다.

성냥갑 따로, 쌀과 과자 부스러기 따로 골라 놓고 문득 큰년이를 생각하였다. 어느 것을 주나, 얼른 과자를 쥐며, 이것을 주지, 하고 하나 집어 입에 넣었다. 바작 소리가 이 사이에 돌고 달콤한 물이 사르르 흐른다. 그는 입맛을 다시고 나서 칠운이가 엿듣는가 다시 한번 조심했다.

그는 온 손에 땀이 나도록 쥐고 있는 돈을 펴서 보고 한 푼 한 푼 세어보다가, 이것으로 큰년의 옷감을 끊어다 주면 얼마나 큰년이가 좋아할까, 그의 가슴은 씩씩 뛰었다. 고것 왜 우리 집엘 안

올까. 오면 내가 돈도 주고 이 과자도 주고 큰년이가 달라는 것이면 내 다 주지. 응 그래. 이리 생각되자 그는 어쩐지 마음이 송구해졌다. 해서 성냥갑과 과자 부스러기를 한데 싸서 저편 갈자리* 밑에 밀어놓고, 돈도 거기에 넣은 담에 쌀만 아랫방에 내려놓았다. 그리고 뒷문 곁으로 바싹 다가 앉아서 큰년네 바자를 바라다보았다.

바자에 호박 넝쿨이 엉키었고 그 위에 벌들이 팔팔 날았다. 어떻게 만날까, 그는 무심히 발가락을 쥐고 아픔을 느꼈다. 서늘한 바람이 그의 볼 위에 흘러내렸다. 그는 안타까웠다. 지금 이 발끝이 아픈 것보다도 어딘가 모르게 또 아픈 것을 느낀다.

"이애 밥 먹어."

칠성이는 놀라 돌아다보았다. 어머니가 샛문 밖에 서 있다는 것을 알자, 웬일인지 가슴 한구석에 공허를 아득하게 느꼈다.

"왜 문을 걸었나?"

어머니는 문을 잡아챈다. 과자를 달라거나 돈을 달래려고 저리도 문을 잡아 흔드는 것 같다. 그는 와락 미운 생각이 치올랐다.

"난, 난 안 먹어!"

꽥 소리쳤다. 전신이 후루루 떨린다.

"장에서 뭐 먹고 왔니?"

* 갈자리 갈대를 엮어서 만든 자리.

116

어머니의 음성이 가늘어진다. 언제나 칠성이가 화를 낼 때 어머니는 저리도 기운이 없어진다. 한참 후에,

"좀 더 먹으렴."

"시, 싫여."

역시 소리를 질렀다. 그러나 어머니는 뭐라고 웅얼웅얼하더니 잠잠해 버린다. 칠성이는 우두커니 앉았노라니 자꾸만 갈자리 속에 넣어둔 과자가 먹고 싶어 가만히 갈자리를 들썩하였다. 먼지내 싸하게 올라오고 빈대 냄새 역다. 그는 자리를 도로 놓고 내일 아침에 큰년이 줄 것인데 내가 먹으면 안 되지 하고, 휙 돌아앉고도 부지중에 손은 갈자리를 어루 쓸고 있다. 큰년이 줘야지, 냉큼 손을 떼고 문턱을 꽉 붙들었다.

마침 바람이 산들산들 밀려들어 이마에 흐른 땀을 선뜻하게 한다. 그는 얼른 적삼을 벗어 던지고, 그 바람을 안았다. 온몸이 가려운 듯하여 벽에다 몸을 비비니 어떤 쾌미°가 일어, 부지중에 그는 몸을 사정없이 비비고 나니 숨이 차고 등가죽이 벗겨져 아팠다. 그래서 벽을 붙들고 일어나 나왔다.

몸을 움직이니 아픈 곳이 없다. 손끝에 가시가 박혔는지 따끔거리고 팔뚝이 쓰라리고 아까 다친 발가락이 새삼스러이 더 쏘고, 그는 꾹 참고 걸었다.

• 쾌미 상쾌하고 즐거운 느낌.

117

울바자 밑에 나란히 서 있는 부초종 끝에 별빛인가도 의심나게 흰 꽃이 다문다문 빛나고, 간혹 맡을 수 있는 부초 냄새는 계집이 곁에 와 섰는가 싶게 야릇했다. 그는 바자 곁으로 다가섰다.

큰년이네 집에선 모깃불을 피우는지 향긋한 쑥내가 솔솔 넘어오고, 이따금 모깃불이 껌벅껌벅하는데 두런두런하는 소리에 귀를 세우니, 바자가 바삭바삭 소리를 내고, 호박잎의 솜털이 그의 볼에 따끔거린다. 문득 그는 바자 저편에 큰년이가 숨어서 나를 엿보지나 않나 하자 얼굴이 확확 달았다.

어느 때인가 되어 가만히 둘러보니, 옷에 이슬이 촉촉하였고, 부초꽃이 물속에 잠긴 차돌처럼 그 빛을 환히 던지고 있다. 모깃불도 보이지 않고 캄캄하며, 어디선가 벌레 소리가 쓰르릉 하고 났다. 그는 방으로 들어서자 가슴이 답답하였다.

이튿날 아침에 눈을 뜨니, 벌써 뒤뜰은 햇빛으로 가득하였다. 칠성이는 일어나는 참에 어머니와 칠운이가 아직도 집에 있는가 살핀 담에 아무도 없음을 보고, 뒷문턱에 걸터앉아서 큰년네 바자를 물끄러미 바라보았다. 큰년이 아버지 어머니도 김매러 갔을 테고, 고것 혼자 있을 터인데……. 혹 마을꾼°이나 오지 않았는지, 오늘은 꼭 만나야 할 터인데, 이런 생각을 하다가 무심히 그의 팔을 들여다보았다. 다 해진 적삼 소매로 맥없이 늘어진 팔목은 뼈

• 마을꾼 이웃에 놀러 다니는 사람.

도 없고 살도 없고, 오직 누렇다 못해서 푸른 빛이 도는 가죽만이 있을 뿐이다. 갑자기 슬픈 마음이 들어 그는 머리를 들고 한숨을 푹 쉬었다. 큰년이가 눈을 감았기로 잘했지 만일 눈이 둥글하게 뜨였다면 이 손을 보고 십 리나 달아날 것도 같다. 그러나 큰년이가 이 손을 만져보고 왜 이리 맥이 없어요. 이 손으로 뭘 하겠오 할 때엔……. 그는 가슴이 답답해서 견딜 수 없다. 그저 한숨만이 맥없이 내쉬고 들이쉬다가 문득 약이 없을까? 하였다. 약이 있기는 있을 터인데……. 큰년네 바자 위에 둥글하게 심어 붙인 거미줄에 수없이 이슬방울이 대롱대롱했다. 저런 것도 약이 될지 모르지, 그는 벌떡 일어서 나왔다.

거미줄에서 빛나는 저 이슬방울들이 참으로 약이 되었으면 하면서, 그는 조심히 거미줄을 잡아당겼다. 팔은 맥을 잃고, 뿐만 아니라 자꾸만 떨리어 거미줄을 잡을 수도 없지만 바자만 흔들리고, 따라서 이슬방울이 후두두 떨어진다. 그는 손으로 떨어져 내려오는 이슬방울을 받으려고 했다. 그러나 한 방울도 그의 손에는 떨어지지 않았다.

"에이, 비 빌어먹을 것!"

그는 이런 경우를 당할 때마다 이렇게 소리치고 말없이 하늘을 노려보는 버릇이 있었다. 한참이나 이러하고 있을 때, 자박자박하는 신발 소리에 그는 가만히 머리를 돌리어 바라보았다. 호박잎이 그의 눈썹 끝에 삭삭 비비치자 눈물이 핑그르르 돈다. 눈물 속에

비치는 저 큰년이! 그는 눈가가 가려운 것도 참고 눈을 점점 더 크게 떴다.

빨래 함지를 무겁게 든 큰년이는 이리로 와서 빨래 함지를 쿵 내려놓고 일어난다. 눈은 자는 듯 감았고 또 어찌 보면 감은 듯 뜬 것 같이도 보이었다. 이제 빨래를 했음인지 양 볼에 붉은 점이 한 점 두 점 보이고, 턱이 뾰족한 것이 어디 며칠 앓은 사람 같다. 큰년이는 빨래를 한 가지씩 들어 활활 펴가지고 더듬더듬 바자에 넌다.

칠성이는 숨이 턱턱 막혀서 견딜 수 없다. 소리 나지 않게 숨을 쉬려니 가슴이 터지는 것 같고, 뱃가죽이 다잡아 씌웠다. 그는 잠깐 머리를 숙여 눈물을 씻어낸 후에 여전히 들여다보았다. 지금 그의 머리엔 아무런 생각도 할 수 없다. 그저 큰년의 동작으로 가득했을 뿐이다. 큰년이는 한 가지 남은 빨래를 마저 가지고 그 앞으로 다가온다. 그때 칠성이는 손이라도 쑥 내밀어 큰년의 손을 덥석 잡아보고 싶었으나, 몸은 움찔 뒤로 물러나지며 온 전신이 풀풀 떨리었다.

바삭바삭 빨래 널리는 소리가 칠성이의 귓바퀴에 돌아내릴때, 가슴엔 웬 새 새끼 같은 것이 수없이 팔딱거리고 귀가 우석우석 울고 눈은 캄캄하였다. 큰년의 신발 소리가 멀리 들릴 때 그는 비로소 몸을 움직일 수 있었고, 또 호박잎을 젖히고 들여다보았다. 큰년이는 빈 함지를 들고 부엌문으로 향하여 들어가고 있다. 그는 급하게 소리라도 쳐서 큰년이를 멈추고 싶었으나 역시 마음뿐이었다. 큰년이의 헤어진 치마폭 사이로 뻘건 다리가 두어 번 보이다가 없어진다. 또 나올까 해서 그는 컴컴한 부엌문을 뚫어지도록 보았으나, 끝끝내 큰년이는 나오지 않았다. 그는 후 하고 한숨을 내쉬고 물러섰다. 햇빛은 따갑게 내리쬔다. 과자나 들려줄걸……. 돈이나 줄 것을, 아니 돈은 내가 모았다가 치마나 해주지 하고 다시 들여다보았다. 바자만 바삭바삭 소리를 내고 고요하다. 이제 큰년의 손으로 널은 빨래는 희다 못해서 햇빛같이 빛나고, 그는 눈을 떼고 돌아섰다. 자기가 옷가지라도 해주지 않으면 큰년이는 언제나 그 뻘건 다리를 감추지 못할 것 같다.

"성아 나 사탕 좀……."

돌아보니, 칠운이가 아기를 업고 부엌문으로 나온다. 그는 도둑질이나 하다가 들킨 것처럼 무안해서 얼른 바자 곁을 떠났다. 칠운이는 저를 다그쳐 형이 저리도 급히 오는 것으로 알고 부엌으로 달아나가 살짝 돌아보고 또 이리 온다.

"응야, 나 하나만……."

손을 내민다.

아기도 머리를 갸웃하여 오빠를 바라보고 손을 내민다. 아기의 조 머리엔 종기가 자질하게 났고, 거기에 언제나 진물이 마를 사이 없다. 그 위에 가늘고 노란 머리카락이 이기어 달라붙었고 또 파리가 안타깝게 달라붙어 떨어지지 않는다. 아기는 자꾸 그 가는 손가락으로 머리를 쥐어 당기고, 종기 딱지를 떼어 오물오물 먹고 있다.

아기는 그 손을 오빠 앞에 쳐들었다. 손가락을 모을 줄 모르고 짝 펴 들고 조른다. 칠성이는 눈을 부릅떠 보이고 방으로 들어왔다. 칠운이는 문 앞에 딱 막아서서 흥흥거렸다.

"응야 성아, 한 알만 주면 안 그래."

시퍼런 코를 홀떡 들이마신다.

"보, 보기 싫다!"

칠운이 역시 옷이 없어 잠방이만 입었고, 그래서 저 등은 햇빛에 타다 못해서 허옇게 까풀이 일고 있으며, 아기는 그나마도 없어서 늘 벗겨두었다. 동생들의 이러한 모양을 바라보는 그는 눈에서 불이 확확 일어난다. 눈을 돌리어 벽을 바라보자 문득 읍의 상점에서 첩첩이 쌓인 옷감이 생각났다. 그는 자기도 모르게 손을 번쩍 들어 칠운이를 치려 했으나, 그 손은 맥을 잃고 늘어진다.

"난 그럼, 아기 안 보겠다야, 씨."

칠운이가 아기를 내려놓고 달아난다. 그러니 아기는 악을 쓰고 운다. 칠성이는 눈도 거들떠보지 않고 돌아앉아 파리가 우굴우굴 끓는 곳을 바라보니 밥그릇이 눈에 띄었다. 언제나 어머니는 그가 늦게 일어나므로 저렇게 밥바리˙에 보를 덮어놓고 김매러 가는 것이다. 그는 슬그머니 다가앉아 술을 들고 보를 들치었다. 국에는

˙ 밥바리 밥그릇.

122

파리가 빠져 둥둥 떠다니고, 밥바리에 붙었던 수없는 파리 떼는 기겁을 해서 달아난다. 그는 파리를 건져내고 밥을 푹 떠서 입에 넣었다. 밥이란 도토리뿐으로 밥알은 어쩌다가 씹히곤 했다. 씹히는 그 밥알이야말로 극히 부드럽고 풀기가 있으며 그 맛이 달콤해서 기침을 할 지경이었다. 그러나 그 맛은 잠깐이고 또 도토리가 미끈하게 씹혀 밥맛이 쓰디쓴 맛으로 변한다. 그래도 도토리만은 잘 씹지 않고, 우물우물해서 얼른 삼키려면 그만큼 더 넘어가지 않고 쓴 물을 뿌리며 혀끝에 넘나들었다.

얼마 후에 바라보니, 아기가 언제 울음을 그쳤는지 눈이 보송보송해서 발발 기어 오다가, 오빠를 보고 멀거니 쳐다보다가는 그 눈을 밥그릇에 돌리고 또 오빠의 눈치를 살핀다. 칠성이는 그 듣기 싫은 울음을 그친 것이 대견해서 얼른 밥알을 골라 내처주었다. 그러니 아기는 그 조그만 손으로 밥알을 쥐어 먹다가, 성이 차지 않아서 납작 엎드리어서 밥알을 쭐쭐 핥아 먹고는 당길성* 없게 도토리를 쥐는 손으로 조물락조물락 만지기만 하고 먹지는 않는다.

"아. 안 먹게이!"

도토리를 분간해서 아는 아기가 어쩐지 미운 생각이 왈칵 들어 그는 이렇게 소리쳤다. 그러니 아기는 입을 비죽비죽하다가 으아

---

* 당길성 자기에게로만 끌어당기려는 욕심.

하고 울었다.

"우, 울겠니!"

칠성이는 발길로 아기를 찼다. 아기는 눈을 꼭 감고 방바닥에 쓰러졌다. 그 바람에 아기 머리의 파리는 웅하고 조금 떴다가 곧 달라붙는다. 칠성이는 재차 차려고 달려드니 아기는 코만 풀진풀진 하면서 울음소리를 뚝 끊었다. 그러나 그 눈엔 눈물이 샘솟듯 흐른다. 칠성이는 모른 체하고 돌아앉아 밥만 퍼먹다가 캑 하는 소리에 머리를 돌렸다.

아기는 언제나 그 도토리를 먹었던지 캑캑하고 게워놓는다. 깨느르르한 침이 섞이어 나오는 도토리 쪽은 조금도 씹히지 않은 그대로였고 그 빛이 약간 붉은 기를 띤 것을 보아 피가 묻어 나오는 것임을 알 수 있다. 아기의 얼굴은 빨갛게 상기되고 목에 힘줄이 불쑥 일어났다.

그 찰나에 칠성이는 입에 문 도토리가 모래알같이 씹을 수 없고, 쓴 내가 콧구멍 깊이 칵 올려 받혀 견딜 수 없었다. 그는 숟가락을 텡궁 내치고 아기를 번쩍 들어 문밖에 내놓았다. 그러고는 뼈만 남은 아기의 볼을 짝 붙이니, 얼굴이 새카매지면서도 여전히 느껴 운다. 이번에는 밥그릇을 냅다 차서 요란스레 굴리고 윗방으로 올라오나, 게우는 소리에 몸이 근심스러워서 가만히 있을 수 없었다. 문득 갈자리 속의 과자를 생각하고 그것을 남김없이 꺼내다가 아기 앞에 팽개치고 뒤뜰로 나와버렸다. 그는 빙빙 돌다가

침을 탁 뱉었다.

한참 만에 칠성이가 방으로 들어오니 방 안은 달군 가마 속 같았다.

그는 앉았다 섰다 안달을 하다가, 머리를 기웃하여 보니, 아기는 손을 깔고 봉당*에 엎드려 잠들었고, 게워놓은 자리엔 쉬파리가 날개 없는 듯이 벌벌 기고 있으며, 아기와 빠끔히 벌린 입에는 잔파리, 왕파리가 바글바글 둘러싼다. 과자! 그는 놀라 둘러보았다. 부스러기도 볼 수 없었다. 아기가 다 먹을 수 없고 필시 칠운이가 들어왔던 것이라 생각될 때 좀 남기고 줄 것을 하는 후회가 일며 칠운이를 보면 실컷 때리고 싶었다. 그는 달아나오면서 발길로 아기를 차고 나왔다. 손을 거북스레 깔고 모로 누운 꼴이 눈에 꺼리고 또 여윈 팔다리가 보기 싫어서 이러하고 나온 것이다.

아기의 울음소리를 들으면서 그는 칠운이를 찾았다. 저편 버드나무 아래에 애들이 모여 떠든다. 옳지 저기 있구나 하고 씩씩거리며 그리로 발길을 떼어놓았다.

몰래몰래 오느라 했건만, 칠운이는 벌써 형을 보고서 달아난다. 애들은 수숫대를 시시거리며 씹고 서서 칠성이를 힐끔힐끔 보다가는 히히 웃었다. 어떤 놈은 칠성의 걸음 흉내를 내기도 한다.

---

* 봉당 안방과 건넌방 사이의 마루를 놓을 자리에 마루를 놓지 아니하고 흙바닥 그대로 둔 곳.

칠운이는 조밭으로 들어갔는지 보이지 않는다. 그는 잡풀에 얽히어 넘어지니, 뒤로 따르던 애들은 히 하고 웃고 떠든다. 칠성이는 겨우 일어나서 애들을 노려보았다. 이놈들도 달려들지나 않으려나 하는 불안이 약간 일어 이렇게 딱 버티어 보인 것이다. 애들은 무서웠던지 슬금슬금 달아난다. 애들 같지 않고 무슨 원숭이 무리가 먹을 것을 구하러 눈이 뒤집혀서 다니는 것 같았다. 이 동리 애들은 모두가 미운 애들만이라고 부지중에 생각되어 한참이나 바라보다가 걸었다. 이마가 따갑고 발가락이 따가운데 또 애들이 벗겨버린 수숫대 껍질이 발끝에 따끔거린다. 애들은 내*를 바라보고 달아난다. 그 무리에 칠운이도 섞이었을 것이라 하고, 그는 버드나무 아래로 왔다.

여기는 수숫대 껍질이 더 많고 소를 갖다 매는 탓인지 쇠똥이 지저분했다. 버드나무에 기대서서 그는 바라보았다. 저절로 그의 눈이 큰년이네 집에 멈추고 또 큰년이를 만나볼 마음으로 가득하다. 지금 혼자 있을 텐데 가볼까, 그러나 누가 있으면……. 무엇이 따끔하기에 보니 왕개미 몇 마리가 다리로 올라온다. 그는 툭툭 털고 다시 보았다.

멀리 큰년이네 바자엔 빨래가 희게 널렸는데, 방금 날려는 새와

---

* 내 시내보다는 크지만 강보다는 작은 물줄기.

같이 되룩되룩하여° 쉬 하면 푸르릉 날 듯하다. 있기는 누가 있어, 김매러 다 갔을 터인데…… 신발 소리에 그는 돌아보았다. 개똥 어머니가 어떤 여인을 무겁게 업고 숨이 차서 온다. 전 같으면, "요새 성냥 많이 벌었겠구먼, 한 갑 선사하게나." 하고 농담을 건넬 터인데 오늘은 울상을 하고 잠잠히 지나친다. 이마에 비지땀이 흐르고 다리가 비틀비틀 꼬이고 숨이 하늘에 닿고, 그는 머리를 들어보니 등에 업힌 여인인즉 죽은 시체 같았다. 흩어진 머리 주제며, 입에 끓는 거품 꼴, 피투성이 된 옷! 눈을 크게 뜨며 머리카락에 휩싸인 여인의 얼굴을 똑바로 보니 큰년의 어머니였다. 그는 놀랐다. 해서 뭐라고 묻고 싶은데 벌써 개똥 어머니는 버드나무를 지나 퍽이나 갔다. 웬일일까? 어디 넘어졌나, 누구와 쌈을 했나 하고 두루 생각하다가 못 견디어 일어나 따랐다. 맘대로 하면 얼른 가서 개똥 어머니에게 어찌 된 곡절을 묻겠는데, 다리가 말을 듣지 않고 점점 더 비틀거리기만 하고 앞으로 가지는 않는다. 그는 화를 더럭 내고 몸짓만 하다가 팍 꺼꾸러졌다. 한참이나 버둥거리다가 일어나서 천천히 걸었다.

큰년네 굴뚝에는 연기가 흐른다. 옳구나 큰년의 어머니가 어찌해서 그 모양이 되었을까, 또다시 이러한 궁금증이 일어난다. 그가 큰년네 마당까지 오니, 큰년네 집으로 들어가고 싶어 발길이

° 되룩되룩하다 작은 눈알을 잇따라 힘 있게 굴리다.

자꾸만 돌려진다. 그런 것을 참고 무슨 소리나 들을까 하여 한참이나 왔다 갔다 하다가 집으로 왔다.

봉당에 들어서니 파리가 와그르 끓는데, 그 속에서 아기가 똥을 누고 있다. 깽깽 힘을 쓰니 똥은 안 나오고 밑이 손길같이 빠지고 거기서 빨간 핏방울이 뚝뚝 떨어진다. 아기는 기를 쓰느라 두 눈을 동그랗게 비켜 뜨니, 얼굴의 힘줄이 칼날같이 일어난다. 그 조그만 이마에 땀이 비 오듯 하고 그는 못 볼 것이나 본 것처럼 머리를 돌리고 방으로 들어왔다. 마음대로 하면 아기를 칵 밟아 죽여버리든지 어디 멀리로 들어다 버리든지 했으면 오히려 시원할 것 같다.

칠성이는 발길에 채여 구르는 도토리를 집어먹으며, 아기 기 쓰는 소리에 눈살을 잔뜩 찌푸리고 그만 뒤뜰로 나와버렸다. 아기로 인하여 잠깐 잊었던 큰년 어머니 생각이 또 나서 그는 바짝 곁으로 다가섰다.

"으아 으아."

하는 울음소리에 머리를 돌렸다. 영애의 울음소리가 아니요, 아주 갓난 어린애의 울음인 것을 직각하자 큰년의 어머니가 아기를 낳았는가 했다. 그러자 불안하던 마음이 다소 덜리나, 아기 하고 입에만 올려도 입에서 신물이 돌 지경이었다. 지금 봉당에서 피똥을 누느라 병든 고양이 꼴을 한 그런 아기를 낳을 바엔 차라리 진자리˙에서

˙ 진자리 바로 그 자리. 혹은 아이를 갓 낳은 그 자리.

눌러 죽여버리는 것이 훨씬 나을 것 같았다.

큰년이 같은 그런 계집애를 낳았나, 또 눈먼 것을……. 그는 히하고 웃음이 터졌다. 그 웃음이 입가에서 사라지기도 전에 왜 이동네 여인들은 그런 병신만을 낳을까 하니, 어쩐지 이상하였다. 하기야 큰년이가 어디 나면서부터 눈멀었다니, 우선 나도 세 살때 홍역을 하고 난 담에 경풍˙이라는 병에 걸리어 이런 병신이 되었는데, 하자 어머니가 항상 외던 말이 생각되었다.

그때 어머니는 앓는 자기를 업고, 눈이 길같이 쌓여 길도 찾을 수 없는 데를 눈 속에 푹푹 빠지면서 읍의 병원에를 갔다는 것이다. 의사는 보지도 못한 채 어머니는 난로도 없는 복도에 반나절이나 서고 있다가 하도 갑갑해서 진찰실 문을 열었더니 의사는 눈을 거칠게 떠 보이고 어서 나가 있으라는 뜻을 보이므로 하는 수 없이 복도로 와서 해가 지도록 기다리는데 나중에 심부름하는 애가 나와서 어머니 손가락만 한 병을 주고 어서 가라고 하였다는 것이다.

어머니는 그 말만 하면 흥분이 되어 의사를 욕하고 또 세상을 원망하는 것이다. 그때마다 그는 어머니를 핀잔하고 그 말을 막아버리곤 하였다. 무엇보다도 불쾌하여 견딜 수 없었던 것이다.

˙ 경풍 어린아이에게 나타나는 증상의 하나. 풍(風)으로 인해 갑자기 의식을 잃고 경련하는 병증.

약만 먹으면 이제라도 내 병이 나을까, 큰년이의 병도……. 아니야, 이미 병신이 된 담에야 약을 쓴다고 나을까, 그래도 알 수가 있나. 어쩌다 좋은 약만 쓰면 나도 남처럼 다리, 팔을 제대로 놀리고 해서 동냥도 하러 다니지 않고 내 손으로 김도 매고 또 산에 가서 나무도 쾅쾅 찍어 오고, 애새끼들한테서 놀림도 받지 않고……. 그의 가슴은 움찔하였다. 눈을 번쩍 떴다. 병원에나 가서 물어볼까……. 그까짓 놈들이 돈만 알지 뭘 알아. 어머니의 하던 말 그대로 되풀이하고 맥없이 주저앉았다.

큰년네 집도 조용하고, 아기 울음소리도 그쳤는데 배가 쌀쌀 고팠다. 그는 해를 짐작해 보고, 어머니가 이제 들어오면 얼굴에 수심을 띠고 귀밑에 머리카락을 담뿍 흘리고서 너 왜 동냥하러 가지 않았니, 내일은 뭘 먹겠니, 할 것을 머리에 그리며 무심히 서 있는 댑싸리나무를 바라보았다.

혹시 이 댑싸리나무가 내 병에 약이 되지 않을까. 그는 댑싸리나무 냄새를 코밑에 서늘히 느끼자 이러한 생각이 불쑥 일어, 댑싸리나무 곁으로 가서 한 입 뜯어 물었다. 잘강잘강 씹으니 풀내가 역하게 일며 욱하고 구역질이 나온다. 그래도 눈을 꾹 감고 숨도 쉬지 않고 대강 씹어서 삼켰다. 목이 찢어지는 듯이 아프고 맑은 침이 자꾸만 흘러내린다. 그는 이 침마저 삼켜야 약이 될 듯해서 눈을 꿈쩍거리면서 침을 삼키고 나니 까닭 없이 두 줄기 눈물이 주르르 흘러내린다.

그는 하늘을 바라보고 제발 이 손을 조금만이라도 놀려서 어머니가 하는 나무를 내가 하도록 했으면 하였다. 평소에 이런 생각을 한 번도 해본 적이 없건만, 어머니가 나무를 무겁게 이고 걸음도 잘 걷지 못하는 것을 보아도 무심했건만 웬일인지 이 순간에 이러한 생각이 일었다.

한참이나 꿈쩍 않고 있던 그는 손을 가만히 들어보고 이번에나 하는 마음이 가슴에서 후다닥거렸다. 하나 눈은 여전히 떨리어 움츠러든다. 갑자기 욱 하고 구역질을 하자 땅에 머리를 쾅! 들입다 쪼이고 훌쩍훌쩍 울었다.

아주 캄캄해서야 어머니는 돌아왔다. 또 산으로 가서 나무를 해 이고 온 것이다.

"어디 아프냐?"

어둠 속에 약간 드러나는 어머니의 윤곽은 피로에 쌓여 넘어질 듯하다. 그리고 짙은 풀내가 치마폭에 흠씬 배어 마늘 내같이 강하게 풍겼다.

"얘야, 왜 대답이 없어?"

아들의 몸을 어루만지는 장작개비 같은 그 손에도 온기만은 돌았다.

칠성이는 어머니의 손을 뿌리치고 돌아누웠다. 어머니는 물러앉아 아들의 눈치를 살피다가 혼자 하는 말처럼,

"어디가 아픈 모양인데, 말을 해야지 잡놈 같으니라구."

이 말을 남기고 일어서 나갔다. 한참 후에 어머니는 푸성귀 국에다 밥을 말아 가지고 들어와서 아들을 일으켰다. 칠성이는 언제나처럼 어머니 팔목에서 뚝 하는 소리를 들으면서 일어 앉아 떨리는 손으로 술을 붙들었다.

"얘야, 어디 아프냐?"

아까와는 달리 어머니 옷가에 그을음 내가 풍기고, 숨소리에 따라 밥내 구수한데 무겁던 몸이 가벼워진다.

"아, 아니."

마음을 졸이던 끝에 비로소 안심하고 아들이 국 마시는 것을 들여다보았다.

"에그, 큰년네 어머니는 오늘 밭에서 아기를 낳았다누나. 내남 없이* 가난한 것들에서 새끼가 무어겠니."

아까 버드나무 아래서 본 큰년의 어머니가 떠오르고, 으아으아 울던 아기 울음소리가 들리는 듯, 또 영애의 그 꼴이 선히 나타난다. 그는 눈살을 찌푸렸다.

"글쎄 새끼가 왜 태어나, 진절머리 나지."

한숨 섞어 어머니는 이렇게 탄식하고, 빈 그릇을 들고 나가버린다. 칠성이는 방 안이 덥기도 하지만, 큰년의 일이 궁금해서 그만 일어나 나왔다.

* 내남없이 나와 다른 사람이나 모두 마찬가지로.

뜰 한 모퉁이에 쌓여 있는 나뭇단에서 짙은 풀내가 산속인 듯싶게 흘러나오고, 검푸른 하늘의 별들은 아기 눈같이 예쁘다.

왱왱거리는 모기를 쫓으면서 나무 말리어 모아놓은 곳에 주저앉았다. 마른 갈잎이 버석버석 소리를 내고 더운 김에 밑이 뜨뜻하였다. 어머니가 저리로부터 온다.

"칠성이냐? 왜 나왔니."

버석 소리를 내고 곁에 앉는다. 땀내와 영애의 똥내가 훅 끼치므로, 그는 머리를 돌리었다. 어머니는 젖을 꺼내 아이에게 물리고 한숨을 푹 쉰다. 무슨 말을 하려나 하고 칠성이는 어머니의 눈치를 살피나, 안타깝게 병든 고양이 새끼 같은 영애를 어루만지기만 하고, 쉽사리 입을 열지 않았다.

해종일 김매기에 그 몸이 고달팠겠고, 더구나 산에 가서 나무를 해 오려기에 그 몸이 지칠 대로 지쳤으련만, 또 아기에게서라도 시달림을 받으니, 오늘날이라도 잠만 들면 깨지 못할 것 같다. 그렇게 피로한 몸을 돌보지 않는 어머니가 어딘지 모르게 미웠다.

"계집애는 자지도 않아!"

칠성이는 보다 못해서 꽥 소리쳤다. 영애는 젖꼭지를 문 채 울음을 내쳤다. 그 애가 어디 자게 되었니. 몸이 아픈 데다 해종일 굶었고 또 이리 젖이 안 나오니까, 하는 말이 혀끝에서 똑 떨어지려는 것을 꾹 참으니 눈물이 핑그르르 돌았다.

"오오, 널 보고 안 그런다. 어서 머."

겨우 말을 마치자 눈물이 줄줄 흘렀다. 문득 어머니의 이 눈물이 겉으로 흘러서 영애의 타는 목을 축여줬으면 가슴은 이다지도 쓰리지 않으련만 하였다.

한참 후에 어머니는,

"글쎄 살지도 못할 것이 왜 태어나서 어미만 죽을 경을 치게 하겠니. 이제 가보니 큰년네 아기는 죽었더구나, 잘되기는 했더라만……. 에그 불쌍하지. 얼마나 밭고랑을 타고 헤맸는지, 아기 머리는 그냥 흙투성이라더구나. 그게 살면 또 병신이나 되지 뭘 하겠니. 눈에 귀에 흙이 잔뜩 들었더라니. 아이구 죽기를 잘했지, 잘했지!"

어머니는 흥분이 되어 이렇게 중얼거린다. 칠성이도 가슴이 답답해서 숨을 크게 쉬었다. 그리고 자신도 어려서 죽었더라면 이 모양은 되지 않았을 것을 하였다.

"사는 게 뭔지, 큰년네 어머니는 내일 또 김매러 가겠다더구나. 하루쯤 쉬어야 할 텐데, 이게 이게 어느 때냐. 그럴 처지가 되어야지. 없는 놈에게 글쎄 자식이 뭐냐. 웬 자식이냐."

영애를 낳아놓고 그다음 날로 보리마당질하던,˚ 그 지긋지긋하던 때가 떠오른다. 하늘이 노랗고 핑핑 돌고 보리 이삭이 작았다

˚ 보리마당질하다 태질하거나 탈곡기에 넣어 보리 이삭에서 낟알을 떨어내다.

커 보이고, 도리깨*를 들 때, 내릴 때 아래서는 무엇이 뭉클 뭉클 나오다가 나중엔 무엇이 묵직하게 매어 달리는 듯해서 좀 만져보았더니, 사이도 없고 또 남들이 볼까 꺼리어 그냥 참고 있다가 소변보면서 보니 허벅다리에 피가 흥건했고, 또 주먹 같은 살덩이가 축 늘어져 있었다. 겁이 더럭 났지만 누구 보고 물어보기도 부끄럽고 해서 그냥 내버려 두었더니, 그 살덩이가 오늘까지 늘어져서 들어갈 줄 모르고 또 무슨 물을 줄줄 흘리고 있다.

그것 때문에 여름에는 더 덥고 또 고약스런 악취가 나고, 겨울엔 더하고 항상 몸살이 오는 듯 오싹오싹 추웠다. 먼 길이나 걸으면 그 살덩이가 불이 붙는 듯 쓰라리고, 또 염증을 일으켜 퉁퉁 부어서 걸음 걸을 수가 없으며, 나중에 주위로 수없는 종기가 나서, 그것이 곪아 터지느라 기막히게 아팠다. 이리 아파도 누구에게 아프다는 말도 할 수 없는 그런 종류의 병이었다.

어머니는 지금도 척척히 늘어져 있는 살덩이를 느끼면서 한숨을 푹 쉬었다. 갈잎이 바삭바삭 소리를 낸다. 마침 영애는 젖꼭지를 꽉 물었다. "아이그!" 소리까지 내치고도 얼른 칠성이가 이런 줄을 알면 욕할 것이 싫어서 그다음 말은 뚝 그치고 손으로 영애의 머리를 꼭 눌러 아프다는 뜻을 영애에게만 알리었다. 그러고도 너무 눌렀는가 하여 누른 자리를 금시로 어루만져주었다.

---

* 도리깨 곡식의 낟알을 떠는 데 쓰는 농구.

135

"정말 오늘 그 난시에 글쎄 큰년네 집에는 손님이 와서 방에 앉아도 못 보고 갔다누나."

칠성이는 머리를 들었다. 어디서 불려오는 모기쑥 내는 향긋하였다.

"전에부터 말 있는 그 집에서 왔다는데, 넌 정 모르기 쉽겠구나. 읍에서 무슨 장사를 한다나 꽤 돈푼이나 있다더라. 한데, 손을 이때까지 못 보았다누나, 해서 첩을 여남은 사람 넘어 얻었으나 이때까지 못 낳았단다. 에그 그런 집에나 태어나지."

어머니는 영애를 잠잠히 내려다본다. 칠성이는 이야기를 하면서도 아기를 생각하는 어머니가 보기 싫었다. 하나 다음 말을 들으려니 가만히 앉아 있었다.

"그런데 어찌어찌하다가 큰년의 말이 났는데 사내는 펄쩍 뛰더란다. 그래도 안으로 맘이 켕기어서 그러하다고 하더니, 하필 오늘 같은 날, 글쎄 선보러 왔다 갔다니……. 큰년이는 이제 복 좋을라! 언제 봐도 덕성스러워. 그 애가 눈이 멀었다 뿐이지 못하는 게 뭐 있어야지. 허드렛일이나 앉아서 하는 일이나 횅 잡았으니 눈 뜬 사람보다 낫다. 이제 그런 집으로 시집가게 되고 달덩이 같은 아들을 낳아놓을 게다. 아이그, 좀 잘 살아야지……."

"눈먼 것을 얻어다 뭣을 해!"

칠성이는 뜻밖에 이런 말을 퉁명스레 내친다. 그의 가슴은 지금 질투의 불길로 꽉 찼고, 누구든지 큰년이만 다친다면 사생을 결단하리라 하였다. 이러고 나니 머리에 열이 오르고 다리팔이 떨리었다.

"그 그래, 시 시집가기로 됐나?"

어머니는 아들의 눈치를 살피고 어쩐지 대답하기가 어려웠다. 동시에 저것도 계집이 그리우려니 하니 불쌍한 마음이 들고 또 아들의 장래가 캄캄해 보이었다.

"아직은 되지 않았더라마는……."

이 말에 그의 마음은 다소 가라앉은 듯하나, 웬일인지 슬픈 생각이 들어 그는 일어났다.

"들어가 자거라. 내일은 일찍이 읍에 가게 해. 어떡하겠니."

칠성이는 화를 버럭 내고 어머니 곁을 떠나 되는대로 걸었다.

발걸음에 따라 모기쑥 내 없어지고 산뜻한 공기 속에 풀내 가득히 흐른다. 멀리 곡식대 비비치는 소리 바람결에 은은하고, 산기운을 띤 실바람이 그의 몸에 싸물싸물* 기고 있다. 잠방이 가랑이 이슬에 젖고, 벌레 소리 발끝에 채여 요리 졸졸졸, 조리 쓸쓸 쓸…….

그는 우뚝 섰다. 저 앞은 지척을 분간할 수 없는 어둠으로 덮였고, 하늘 아래 저 불타산의 윤곽만이 검은 구름같이 뭉실뭉실 떠 있다. 그 위에 별들이 너도나도 빛나고, 별빛이 눈가에 흐르자 핑

---

* 싸물싸물 '살갗에 작은 벌레가 기어가는 것처럼 간질간질한 느낌'이라는 뜻의 북한어.

그르르 돌며 통곡이라도 하고 싶었다. 저 산도, 저 하늘도 너무나 그에겐 무심한 것 같다.

"애야, 들어가자."

어머니의 기운 없는 음성이 들린다.

"왜, 왜 좇아다녀유."

칠성의 마음에 잠겼던 어떤 원한이 일시에 머리를 들려고 하였다.

"제발 들어가. 이리 나오면 어쩌겠니."

어머니는 그의 손을 붙들었다. 칠성이는 뿌리치려 했으나 힘이 부친다. 길가 풀이 그들의 옷에 부딪쳐 실실 소리를 낸다. 어머니는 절반 울면서 사정을 하였다. 그는 어머니의 손에 붙들리어 돌아오면서, 오냐 내일 저를 만나보고 시집가는지 안 가는지 물어보고, 또 나한테 시집오겠니도 물어야지, 할 때, 가슴은 씩씩 뛰고 어떤 실 같은 희망이 보인다.

"날 보고 네 동생들을 봐라."

어머니는 이러한 말을 하여 아들을 달래보려고 한다. 칠성이는 말없이 그의 집까지 왔다.

이튿날 일부러 늦게 일어난 칠성이는, 오늘은 기어이 큰녀이를 만나 무슨 말이든 하리라, 만일 시집가기로 되었다면……. 그는 아득하였다. 그때는 그만 죽여버릴까, 나는 그 칼에 죽지 하고 뒤뜰로 나와서 바자 곁에 다가섰다. 큰녀네 집은 고요하고 뜨물동이에서 왕왕거리는 파리 소리만 간혹 들릴 뿐이다. 가자! 바자에 선뜻 물러섰다. 눈에 마주 띄는 저 앞에 큰 차돌은 웬일인지 노랗게 보이었다.

그는 숨이 차서 방으로 들어왔다. 옷을 이 모양을 하고 가, 하고 굽어보았다. 쇠똥 자국이 여기저기 있고, 군데군데 해졌고. 밀 눈이 멀었는데 이게 보이나, 그럼 만나서 뭐라구 말을 해야지. 그는 천장을 바라보고 생각하였다. 입가에 흐르는 침을 몇 번이나 시하고 들여마시나, 그저 캄캄한 것뿐이다. 생전 말이라고는 못해본 것처럼 아득하였다.

내가 병신임을 제가 아나 하는 불안이 불쑥 일어 맥이 탁 풀린다. "네까짓 것에게 시집가!" 하는 큰년의 말이 들리는 듯해서 그는 시름없이 밖을 내다보았다.

바자에 얽힌 호박 넝쿨, 박 넝쿨, 그 옆으로 옥수숫대, 썩 나와서 살구나무, 작고 큰 댑싸리가 아무 기탄없이 하늘을 바라보고 가지가지를 죽죽 쳤으니, 잎잎이 자유스럽게 미풍에 흔들리지 않는가. 웬일인지 자신은 저러한 초목만큼도 자유롭지 못한 것을 전신에 느끼고 한숨을 후 쉬었다.

한참 후에 칠성이는 마음을 단단히 먹고 마당으로 나와서, 큰년네 집 앞으로 몇 번이나 왔다 갔다 하다가, 싸리문을 가만히 밀고 껑충 뛰어들었다.

봉당 문도 꼭 닫히었고 싸리비만이 한가롭게 놓여 있다. 얼떨결에 봉당 문을 삐걱 열었을 때 고양이 한 마리가 야옹 하고 뛰어나간다. 그는 어찌 놀랐는지 숨이 하늘에 닿을 것처럼 뛰었다. 봉당으로 들어서서 한참이나 망설이다가 방문을 열어보았다. 무거운 공기만이 밀려 나오고 큰년이는 없었다, 시집을 갔나? 하고 얼른 생각하면서, 부엌으로 뒤뜰로 인기척을 찾으려 하였으나 조용하였다. 그는 이러하고 언제까지나 있을 수가 없어서 발길을 돌리려 했을 때 싸리문 소리가 난다. 얼떨결에 기둥 이편으로 와서 그 뒤 멍석 곁에 바싹 다가섰다. 부엌문 소리가 덜그렁 나더니, 큰년이가 빨래 함지를 이고 들어온다. 그의 눈은 캄캄해지고 정신이 나른해진다. 큰년이가 그를 알아보고 이리 오는 것만 같고, 그의 눈은 먼 것이 아니요, 언제나 창틈으로 볼 수 있는 다른 눈을 빠꼼히 뜨고서 쳐다보는 듯했다. 숨이 차서 견딜 수 없으므로, 멍석 아래 뒤로 돌아가며 숨을 죽이었으나, 점점 더 숨결이 학학거리고 멍석 눈에 코가 맞닿아서 기절을 할 지경이었다.

큰년이는 뒤뜰로 나간다. 짤잘 끄는 신발 소리를 들으면서 머리를 내밀어 밖을 살피고 발길을 옮기려 했으나 온몸이 비비 꼬이어 한 보를 옮길 수가 없다. 어색하여 그만 집으로 가려고도 했다. 그의 몸은 돌로 된 것 같았으나 마침 빨래 널리는 소리가 바삭바삭 나자, 큰년이가 읍으로 시집간다! 하는 생각이 들며, 발길이 허둥허둥하고 떨어진다.

큰년이는 빨래를 바자에 걸치다가 휘끈 돌아보고 주춤한다. 칠성이는 차마 큰년이를 쳐다보지 못하고 우두커니 서 있었다.

"누구요?"

"......"

"누구야요?"

큰년의 음성은 떨려 나왔다. 칠성이는 무슨 말이든지 해야 할 터인데, 입이 딱 붙고 떨어지지 않는다. 한참 후에 발길을 지척거리며 내디디었다.

"난 누구라고……."

큰년이는 바자 곁으로 다가서고, 머리를 다소곳한다. 곱게 감은 그의 눈등은 발랑발랑 떨렸다. 칠성이는 자기를 알아보는 것을 알고 조금 마음이 대담해졌다. 이번엔 밖이 걱정이 되어 연방 눈이 그리로만 간다.

"나가. 야, 어머니 오신다."

큰년이는 암팡지게 말을 했다. 어려서 음성이 그대로 남아 있다.

"너 너 시집간다지. 조, 좋겠구나!"

"새끼두 별소리 다 하네, 나가 야!"

큰년이는 빨래를 조몰락거리고 서서 숨을 가볍게 쉰다. 해진 적삼 등에 흰 살이 불룩 솟아 있다. 칠성이는 무의식 간에 다가섰다.

"아이구머니!"

큰년이는 바자를 붙들고 소리쳤다. 칠성이는 와락 겁이 일어 주춤 물러서고 나갈까도 했다. 앞이 캄캄해지고 또 빙글빙글 돌아가는 것 같았다.

"어머니 오신다 야."

칠성이는 잠깐 눈을 감았다가 덜덜 떨리어 나오는 소리에 눈을 떴다. 등으로 흘러 내려온 삼단 같은 머리채는 큰년의 냄새를 물 씬물씬 피우고 있다. 칠성이는 얼른 큰년의 발을 짐짓 밟았다. 큰 년이는 얼굴이 새빨개서 발을 빼어가지고 저리로 간다. 손에 들었 던 빨래는 맥없이 툭 떨어진다.

쟤가 돌을 집어 치려고 저러나 하고 겁을 먹었으나, 큰년이는 바자 곁에 다가서서 바자를 보시락보시락° 만지고 있는데, 댕기꼬 리는 풀풀 날린다. 야물야물하던° 말도 쑥 들어가고 애꿎은 바자 만 만지고 있다.

"사탕두 주구, 옷 옷감두 주 주께 시집 안 가지?"

큰년이는 언제까지나 잠잠하고 있다가 조금 머리를 드는 척하 더니,

"누가……. 사탕……. 히."

속으로 웃는다. 칠성이도 따라 웃고,

"응야 안 안 가지?"

"내가 아니, 아버지가 알지."

이 말에 말이 막힌다. 그래서 우두커니 섰노라니,

• 보시락보시락 '마른 검불 따위를 자꾸 건드릴 때 작게 나는 소리'라는 뜻의 북한어.
• 야물야물하다 어린아이나 염소, 토끼 따위가 무엇을 먹느라고 입을 잇따라 귀엽게 움직이 다.

"어서 나가 야."

큰년이는 얼굴을 돌린다. 곱게 감은 눈에 눈썹이 가무레하게 났는데, 그 눈썹 끝에 걱정이 대글대글 맺혀 있다.

"그 그럼 시집 가겠니?"

큰년이는 머리를 푹 숙이고, 발끝으로 돌을 굴리고 있다. 칠성이는 슬픈 마음이 들어 울고 싶었다.

"안 안 안 가지, 응야?"

큰년이는 대답 대신으로 한숨을 푹 쉬고 머리를 들려다가 돌아선다. 그때 어린애 울음소리가 들렸다. 칠성이는 놀라 뛰어나왔다.

집에 오니, 칠운이가 아기를 부엌 바닥에 내리굴리고 띠로 아기를 꽁꽁 동이려고 한다. 아기는 다리팔을 함부로 놀리고 발악을 하니, 칠운이는 사뭇 죽일 고기 다루듯 아기를 칵칵 쥐어박는다.

"이 계집애 자겠니, 안 자겠니. 안 자면 죽이고 말겠다."

시퍼런 코를 쌍줄로 흘리고서 주먹을 겨누어 보인다. 아기는 바르르 떨면서 눈을 꼭 감고 눈물을 졸졸 흘리고 있다.

"그러구 자라, 이 계집애."

칠운이는 아기 옆에 엎어지고, 한 손으로 그의 허리를 꼬집어 당긴다.

"어마이, 난 여기 자꾸자꾸 아파서 아기 못 보겠다야 씨…….
흥."

코를 혀끝으로 빨아올리면서 칠운이는 이렇게 중얼거렸다. 그 눈에 졸음이 가득하더니, 그만 씩씩 자버린다.

칠성이는 무심히 이 꼴을 보고 봉당으로 들어섰다.

"엄마!"

자는 줄 알았던 아기가 눈을 동그랗게 뜨고 오빠를 바라본다. 칠성이는 머리끝이 쭈뼛하도록 놀랐다. 해서 얼결에 발을 들어 찰 것처럼 하고 눈을 딱 부릅떠 보이니, 아기는 그 얇은 입술을 비죽비죽하며 눈을 감는다.

"엄마! 엄마!"

아기는 그 입으로 이렇게 부르고 울었다. 칠성이는 방으로 들어와서 빙빙 돌다가 뒤뜰로 나와 큰년이가 아직도 그 자리에 서 있으면 하고, 바자를 가만히 뻐개고˚ 들여다보니, 큰년이는 보이지 않고 빨래만이 가득히 널려 있었다.

방으로 들어와서 벽에 걸린 동냥자루를 한참이나 바라보면서 큰년의 옷감 끊어다 줄 궁리를 하고, 그러면 큰년이와 그의 부모들도 나에게로 뜻이 옮겨질지 누가 아나 하고, 동냥자루를 벗겨 메고서 밀짚모를 비스듬히 젖혀 쓴 다음에 방문을 나섰다. 눈결에 보니 아기는 무엇을 먹고 있으므로, 그는 머리를 한 번 넘석하여˚ 보았다. 아기는 띠 동인 데서 벗어 나와 아궁이 곁에 오줌을 눈 듯

˚ 뻐개다 (속되게) 매우 기뻐서 입을 벌리다.
˚ 넘석하다 '한 번 넘어다보다'라는 뜻의 북한어.

한데, 그 오줌을 쪽쪽 핥아 먹고 있다.

"이애! 이 계집애."

칠성이는 이렇게 버럭 소리를 지르고 밖으로 나왔다. 뜨거운 물 속에 들어서는 듯 전신이 후끈하였다. 신작로에 올라서며 그는 옷을 바로 하고 모자를 고쳐 쓰고 아주 점잖은 양하였다. 이제부터는 이래야 할 것 같다. 에헴! 하고 큰기침도 하여보고 걸음도 천천히 걸으려 했다. 이러면 애들도 달려들지 못하고, 어른들도 놀리지 못할 테지, 할 때 큰년이가 떠오른다. 슬며시 돌아보니, 벌써 그의 마을은 보이지 않고 수수밭이 탁 막아섰다. 수수밭 곁으로 다가서니 싱싱한 수수 잎 냄새가 훅 끼치고 등허리가 근질근질하게 땀이 흘러내린다. 두어 번 몸을 움직이고 어디라 없이 바라보았다.

수수밭 머리로 파랗게 보이는 저 불타산은 몇 발걸음 옮기면 올라갈 듯이 그렇게 가까워 보인다. 그의 집 창문 곁에 비켜서서 맘놓고 바라볼 수 있는 것은 저 산이요, 또 이런 수수밭 머리에서 숨어가며 바라볼 수 있는 것은 저 산이다.

그는 한숨을 푹 쉬었다. 언제나 저 산을 바라볼 때엔 흩어졌던 마음이 한데 모이는 듯하고, 또한 깜박 잊었던 옛날 일이 한두 가지 생각되곤 하였다.

먼 산에 아지랑이 아물아물 기는 어느 봄날, 그는 자리에서 일어나 창문 곁에 서니, 동무들이 조그만 지게를 지고 지팡이를 지게에 끼웃이* 꽂아가지고 나무하러 가보나, 난 어른이 되면 저 산에 가서 이런 굵은 나무를 탕탕 찍어서 한 짐 잔뜩 지고 올 테야…….

여기까지 생각한 그는 흠 하고 코웃음 쳤다. 뼈 마디마디가 짜릿해 오고 가슴이 죄어지는 것 같다. 두어 번 머리를 설레설레 흔들고 터벅터벅 걸었다. 지금 그의 앞엔 큰년이가 있을 따름이다.

이틀 후.

칠성이는 그의 마을로부터 육 리나 떨어져 있는 송화읍 어귀에 우두커니 서 있었다. 읍에 와서 돌아다니다 수입이 잘되지 않으므로, 이렇게 송화읍까지 오게 되었고, 그래서야 겨우 큰년이의 옷감을 인조견으로 바꾸어 가지고 돌아오는 길이었던 것이다.

이 밤이나 어디서 지낼까 망설이다 어서 빨리 이 옷감을 큰년의 손에 쥐여주고 싶은 마음, 또는 큰년의 혼사 사건이 궁금하고 불안해서 그는 가기로 결정하고 걸었다.

쳐다보니, 별도 없는 하늘, 검정 강아지 같은 어둠이 눈 속을 아물아물하게 하는데, 웬일인지 마음이 푹 놓이고, 어떤 희망으로 그 눈은 차차로 열렸다. 산과 물은 그의 맘속에 파랗게 솟아 있는 듯, 그렇게 분명히 구별할 수 있고, 신작로에 깔린 자갈돌은 심심하면 장난치기 알맞았다.

---

* 끼웃이 무엇을 보려고 고개나 몸 따위를 한쪽으로 조금 기울이는 모양.

사람들이 연락부절하고* 자동차가 먼지를 피우며 달아나는 그 낮 길보다는 오히려 이 밤길이 그에게는 퍽 좋게 생각되었다.

그래서 다리 아픈 것도 모르고 걸었다.

가다가 우뚝 서면 산 냄새 그윽하고, 또 가다가 들으면 물소리가 돌돌 하는데, 논물 냄새 확 풍기고, 간혹 산새 울음 끊었다 이어질 제, 멀리 깜박여오는 동네의 등불은 포르릉 날아오는 것 같다가도, 다시 보면 포르릉 날아간다.

그가 숨을 크게 쉴 때마다 가슴에 품겨 있는 큰년의 옷감은 계집의 살결 같아 조약돌을 밟은 발가락이 짜르르 울리었다. "고것 어떡하나?" 그는 무의식 간에 입을 쫙 벌리고 무엇을 물어 당길 것처럼 하였다. 지금 큰년이와 마주 섰던 것을 그려본 것이다. 이제 가서 옷감을 들려주면 큰년이는 너무 좋아서 그 가무레한 눈썹 끝에 웃음을 띨 테지. 가슴은 소리를 내고 뛴다.

차츰 동녘 하늘이 바다와 같이 훤해오는데, 난데없는 빗방울이 뚝뚝 떨어진다. 그는 놀라 자꾸 뛰었으나 비는 더 쏟아지고, 멀리서 비 몰아오는 소리가 참새 무리들 건너듯 했다. 그는 어쩔까 잠시 망설이다가, 빗발에 묻히어 어림해 보이는 저 동리로 부득이 발길을 옮겼다. 큰년의 옷감이 아니면 이 비를 맞으면서도 가겠으나, 모처럼 끊은 이 옷감이 비에 젖을 것이 안되어 동네로 발길을

---

* 연락부절하다 왕래가 잦아 소식이 끊이지 아니하다.

147

옮긴 것이다.

한참 오다가 돌아보니, 신작로가 뚜렷이 보이고, 어쩐지 마음이 수선해서 발길이 딱 붙는 것을 겨우 떼어놓았다.

동네까지 오니, 비에 젖은 밀짚 내음 콜콜 올라오고, 변소 옆을 지나는지 거름 내가 코밑을 살살 기고 있다. 그는 어떤 집 처마 아래로 들어섰다. 몸이 오솔오솔 춥고 눈이 피로해서 바싹 벽으로 다가서서 웅크리고 앉았다. 그의 마을 앞에 홰나무가 보이고, 큰년이가 나타나고⋯⋯. 눈을 번쩍 떴다.

빗발 속에 날이 밝았는데, 먼 산이 보이고 또 지붕이 옹기종기 나타나고, 낙수 물소리 요란하고. 그는 용기를 내어 일어나 둘러보았다.

그가 서고 있는 이 집이란 돈푼이나 좋이 있는 집 같았다. 우선 벽이 회벽으로 되었고, 지붕은 시커먼 기와로 되었으며 널빤지로 짠 문의 규모가 크고 또 주먹 같은 못이 툭툭 박힌 것을 보아 짐작할 수 있었다. 그의 얼었던 마음이 다소 풀리는 듯하였다.

흰 돌로 된 문패가 빗소리 속에 적적한데, 칠성이는 눈썹 끝이 희어지도록 이 문패를 바라보고 생각을 계속하였다. '오냐, 오늘은 내게 무슨 재수가 들이닿나* 보다. 이 집에서 조반이나 톡톡히 얻어먹고 돈이나 쌀이나 큼직이 얻으리라⋯⋯. 얼른 눈을 꾹 감

---

* 들이닿다 막 와 닿다.

아보고, 눈도 먼 체할까. 그러면 더 불쌍하게 봐서 쌀이랑 돈을 더 줄지 모르지.' 애써 눈을 감고 한참을 견디려 했으나, 눈등이 간지럽고 속눈썹이 자꾸만 떨리고 흰 문패가 가로세로 나타나고, 못 견디어 눈을 뜨고 말았다.

어떡허나 내 옷이 너무 희지, 단숨에 뛰어나와서 흙물에 주저앉았다가 일어났던 자리로 왔다. 아까보다 더 춥고 입술이 떨린다. 그는 대문 틈에 눈을 대고 안을 엿보려 할 때, 신발 소리가 절벅절벅 나므로, 날래 몸을 움직이어 비켜섰다. 대문은 요란스런 소리를 내고 열렸다. 언제나처럼 칠성이는 머리를 푹 숙이고 어떤 사람의 시선을 거북스러이 느꼈다.

"웬 사람이야?"

굵직한 음성, 머리를 드니 사내는 눈이 길게 찢어졌고 이 집의 고용인인 듯 옷이 캄캄하다.

"한술 얻어먹으러 왔슈."

"오늘은 첫새벽부터야."

사내는 이렇게 지껄이고 나서 돌아서 들어간다. 이 집의 인심은 후하구나. 다른 집 같으면 으레 한두 번은 가라고 할 터인데 하고 어깨가 으쓱해서 안을 보았다.

올려다보이는 퇴* 위에 높직이 앉은 방은 사랑인 듯했고, 그 옆

---

* 퇴 툇마루.

149

으로 조그만 대문이 좀 비딱해 보이고, 그리고 안채 대청마루가 잠깐 보인다. 사랑채 왼편으로 죽 달려 이 문간에 와서 멈춘 방은 얼른 보아 창고인 듯, 앞으로 밀짚 낟가리들이 태산같이 가리어 있다. 밀 짚대에서 빗방울이 다롱다롱 떨어진다. 약간 누런 빛을 띠었다. 뜰이 휘휘하게 넓은데 빗물이 골이 져서 흘러내린다.

저리로 들어가야 밥술이나 얻어먹을 텐데. 그는 빗발 속에 보이는 안대문을 바라보고, 서먹서먹한 발길을 옮겼다. 중대문을 들어서자, 안 부엌으로부터 개 한 마리가 쏜살같이 달려 나온다. 으르릉 하고 달려들므로 그는 개를 어를 양으로 주춤 물러서서 혀를 쩍쩍 채었다. 개는 날카로운 이를 내놓고 뛰어오르며 동냥자루를 확 물고 늘어진다. 그는 아찔하여 소리를 지르고 중문 밖으로 튀어나오자, 사랑에 사람이 있나 살피며 개를 꾸짖어줬으면 했으나 잠잠하였다. 개는 눈을 뒤집고서 앞발을 버티고 뛰어오른다. 칠성이는 동냥자루를 입에 물고 몸을 굽혔다 폈다 하다가도 못 이겨서 비슬비슬 쫓겨 나왔다. 개는 여전히 따라 큰 대문에 와서는 칠성이가 용이히* 움직이지 않으므로 으르릉 달려들어 잠방이 가랑이를 물고 늘어진다. 그는 악 소리를 지르고 달아 나왔다. 아까 나왔던 사내가 안으로부터 나왔다.

"워리 워리."

* 용이하다 어렵지 아니하고 매우 쉽게.

150

개는 들은 체하지 않고 삐죽한 주둥이로 자꾸 짖었다. 저놈의 개를 죽일 수가 있을까 하는 마음이 부쩍 일어 그는 휘돌아 서서 노려볼 때 사내는 손짓을 하여 개를 부른다. 그러니 개는 슬금슬금 물러나면서도 칠성에게서 눈은 떼지 않았다.

갑자기 속이 메슥해지고 등이 오싹하더니, 온몸에 열이 화끈 오른다. 개를 찾았으나 보이지 않고, 큰 대문만이 보기 싫게 버티고 있었다. 또 가볼까 하는 마음이 다소 머리에 드나, 그 개를 만날 것을 생각하니 진저리가 났다. 해서 단념하고 시죽시죽 걸었다.

비는 바람에 섞이어 모질게 갈겨 치고, 나무 흔들리는 소리, 도랑물 흐르는 소리에 귀가 뺑뺑할 지경이다. 붉은 물이 이리 몰리고 저리 몰리는 그 위엔 밀짚이 허옇게 떠 있고, 파랑새 같은 나뭇잎이 뱅글뱅글 떠돌아 간다.

비에 젖은 옷은 사정없이 몸에 착 달라붙고 지동˚ 치듯 부는 바람결에 숨이 흑흑 막혔다. 어쩔까 하고 둘러보았으나 집집이 문을 꼭 잠그고 아침 연기만 풀풀 피우고 있다. 혹 빈집이나 방앗간 같은 게 없나 했으나 눈에 뜨이지 않고, 무거운 눈엔 그 개가 자꾸 얼른거리고 또 뒤에 다그쳐 오는 것 같다. 개에게 찢긴 잠방이 가랑이가 걸음에 따라 너덜너덜하여 그의 누런 다리 마디가 환히 들여다보이고, 푹 눌러쓴 밀짚모에선 방울져 떨어지는 빗방울이 눈

˚ 지동 지진.

151

물같이 건건한 것을 입술에 느꼈다. 문득 큰년의 옷감이 젖는구나 생각되자 소리를 내어 칵 울고 싶었다.

그는 우뚝 섰다. 들은 자욱하여 어디가 산인지 물인지 분간할 수 없고, 곡식대들이 미친 듯이 날뛰는 그 속으로 무슨 큰 짐승이 윙윙 우는 듯한 그런 크고도 굵은 소리가 대지를 울린다.

지금 그는 빗발에 따라 마음만은 앞으로 앞으로 가고 싶은데, 발길이 딱 붙고 떨어지지 않는다. 바라보니 동네도 거반 지나온 셈이요, 앞으로 조그만 집이 두셋이 남아 있다. 그리로 발길을 돌렸으나 미련이 남아 있는 듯 자주자주 멍하니 들을 바라보았다.

그가 개에게 쫓긴 것이 이번뿐이 아니요, 때로는 같은 사람한테도 학대와 모욕을 얼마든지 당하였건만, 오늘은 웬일인지 견딜 수 없는 분을 일으키게 된다.

"이 친구 왜 그러구 섰우."

그가 놀라 보니 자기는 어느덧 조그만 집 앞에 섰고 그 조그만 집은 연자간˙이라는 것을 알았다. 머리를 넘석하여 내다보는 사내는 얼른 보아 사오십 되었겠고, 자기와 같은 불구자인 거지라는 것을 즉석에서 알았다. 사내는 쭝긋이 웃는다. 그는 이리 찾아오고도 저 사내를 보니 들어가고 싶지 않아 머뭇거리다가도 하는 수 없이 들어갔다. 쌀겨 내음 가득히 흐르는 그 속에 말똥 내도 훅훅 풍겼다.

˙ 연자간 연자매로 곡식을 찧는 방앗간.

152

"이리 오우, 저 옷이 젖어서 원⋯⋯."

사내는 나무다리를 짚고 일어나서 깔고 앉았던 거적자리를 다시 펴고 자리를 내놓고 비켜 앉는다. 칠성이는 얼른 희뜩희뜩 센 머리털과 수염을 보고 늙은 것이 내 동냥해온 것을 빼앗으려나 하는 겁이 나고 싫어졌다.

"그 옷 때매 칩겠우. 우선 내 헌 옷을 입고 벗어서 말리우."

사내는 그의 보따리를 뒤적뒤적하더니,

"자 입소. 이리 오우."

칠성이는 돌아보았다. 시커먼 양복인데 군데군데 기운 것이다. 그 순간 어디 좋은 옷을 얻었는데. 나도 저런 거나 얻었으면 하면서 이상한 감정에 싸여 사내의 웃는 눈을 정면으로 보았을 때 동냥자루나 뺏을 사람 같지는 않았다. 그는 머리를 숙이고 소매에서 떨어지는 물방울을 보았다. 사나이는 나무다리를 짚고 이리로 온다.

"왜 이러구 섰우. 자 입으시우."

"아, 아니유."

칠성이는 성큼 물러서서 양복저고리를 보았다. 태어나서 생전 입어보지 못한 그 옷 앞에 어쩐지 가슴까지 두근거린다.

"허! 친구 고집 대단한데, 그럼 이리 와 앉기나 해유."

사내는 그의 손을 끌고 거적자리로 와서 앉힌다. 눈결에 사내의 뭉퉁한 다리를 보고 못 본 것처럼 하였다.

"아침 자셨우?"

칠성이는 이자가 내 동냥자루에 아침 얻어온 줄 알고 이러는가 하며, 힐끔 동냥자루를 보았다. 거기에서도 물이 떨어지고 있다.

"아니유."

사내는 잠잠하였다가,

"안되었구려. 뭘 좀 먹어야 할 터인데……."

사내는 또 무슨 생각을 하듯 하더니, 그의 보따리를 뒤진다.

"자, 이것 적지만 자시유."

신문에 싼 것을 내들어 펴 보인다. 그 종이엔 노란 조밥이 고실고실 말라가고 있다.

밥을 보니 구미가 버쩍 당기어 부지중에 손을 내밀었으나, 손이 말을 안 듣고 떨리어서 흠칫하였다. 사내는 이 눈치를 채었음인지, 종이를 그의 입 가까이 갖다 대고,

"적어 안되었수."

부끄럼이 눈썹 끝에 일어 칠성이는 눈을 내리뜨고 애꿎이 코를 들이마시며 종이를 무릎에 놓고 입을 대고 핥아 먹었다. 신문지 냄새가 이 사이에 나들고 약간 쉰 듯한 밥알이 씹을수록 고소하였다. 입맛을 다실 때마다 좀 더 있으면 하는 아쉬운 마음이 혀끝에 날름거리고 사내 편을 향한 귓바퀴가 어쩐지 가려운 듯 따가움을 느꼈다.

"적어서 원……."

사내의 이러한 말을 들으며 신문지에서 입을 떼고 히 하고 웃어

154

보이었다. 사내도 따라 웃고 무심히 칠성의 다리를 보았다.

"어디 다쳤나 보! 피가 나오."

허리를 굽히어 들여다본다. 칠성은 얼른 아픔을 느끼고 들여다보니, 잠방이 가랑이에 피가 빨갛게 묻었다. 다리엔 방금 선혈이 흐르고 있다. 별안간 속이 묵직해서 그는 다리를 움츠리고 머리를 들었다. 바람결에 개 비린내 같은 것이 흠씬 끼친다.

"개, 개한테 그리 되었지우."

"아 그 기와집 가셨우……. 그 개를 길러도 흉악한 개를 기르거든 흥! 돈 있는 놈이라도 모두 같은 놈이 아니우, 어디 이리 내놓우. 개에 물린 것이 심상히 여길 것이 못 되우."

사내는 그의 다리를 잡아당기었다. 그는 얼른 다리를 치우면서도 형용할 수 없는 울분이 젖은 옷에까지 오싹오싹 기어오르고 콧속이 싸해서 몇 번 코를 움직일 때, 뜻하지 않은 눈물이 주르르 흘러내린다. 사나이는 이 눈치를 채고 허허 웃으면서, 그의 등을 가볍게 두드렸다.

"이 친구 우오. 울기로 하자면……. 허허 울어선 못쓰오. 난 공장에서 생생하던 이 자리가 기계에 물려 이리되었소만, 지금 세상이 어떤 줄 아시우."

칠성이는 머리를 번쩍 들어 사내를 바라보니, 눈에 분노의 빛이 은은하였다. 다시 다리로 시선이 옮겨질 때, 가슴이 턱 막히고 목에 무엇이 가로질리는 것 같아, 시름없이 머리를 숙이고 무심히 부드러운 먼지를 쥐어 상처에 발랐다.

"아이고! 먼지를 바르면 되우."

사내는 칠성이의 손을 꽉 붙들었다. 칠성이는 어린애같이 히 웃고 나서,

"이러면 나유."

"아 원, 그런 일 다시는 하지 마우. 약이 없으면 말지, 그런 일 하면 되우? 더 성해서 앓게 되우."

칠성이는 약간 무안해서 다리를 움츠리고 밖을 바라보았다. 사내는 또다시 무슨 생각에 깊이 잠기는 것 같다.

바람이 비를 안고 싸싸 밀려들고, 천장에 수없는 거미줄은 끊어져 연기같이 나부꼈다. 바라뵈는 버드나무의 잎은 팔팔 떨고, 아래로 시뻘건 물이 좔좔 소리를 내고 흐른다. 어깨 위가 어찔해서 돌아보면 큰 매통이 쌀겨를 뽀얗게 쓰고서 얼음 같은 서늘한 기를 품품 피우고 있다.

"배 안의 병신이우?"

사내는 문득 이렇게 물었다. 칠성이는 머리를 숙이고 머뭇머뭇하다가,

"아 아니유."

"그럼 앓다가 그리되었구려……. 약 써봤우?"

칠성이는 또다시 말하기가 힘든 듯이 우물쭈물하고 다리만 보았다. 한참 후에,

"아 아니우, 못 못 썼어유."

"흥! 생다리도 꺾이는 지경인데, 약 못 쓰는 것쯤이야 허허."

사내는 허공을 향하여 웃었다. 그 웃음소리에 소름이 오싹 끼쳐 힐금 사내를 보았다. 눈을 무섭게 뜨고 밖을 내다보는데, 이마엔 퍼런 힘줄이 불쑥 일었고, 입은 꼭 다물고 있다.

"허, 치가 떨려서. 내가 왜 그리 어리석었는지 지금만 같으면, 지금이라도 죽더라도 해볼걸. 왜 그 꼴이었어! 흥."

칠성이는 귀를 밝혀 이 말을 새겨들으려 했으나 무엇을 의미한 말인지 알 수가 없었다. 사내는 칠성이를 돌아보았다. 눈 아래 두어 줄 주름살이 돌아가신 그의 아버지와 흡사했다.

"이 친구, 나도 한 가정을 가졌던 놈이우. 공장에서 모범 공인이었구. 허허 모범 공인! 다리가 꺾인 후 공장에서 나오니, 계집은 달아나고, 어린것들은 배고파 울고, 부모는 근심에 지레 돌아가시구……. 허 말해서 뭘 하우."

사내는 칠성이를 딱 쏘아본다. 어쩐지 칠성의 가슴은 까닭 없이 두근거려 차마 사내를 정면으로 보지 못하고 꺾인 다리를 보았다. 그리고 사내의 다리 밑에 황소같이 말 없는 땅을 보았다.

"아니우, 결코 아니우. 비록 우리가 이 꼴이 되었는지 알아야 하지 않소……. 내 다리를 꺾게 한 놈두, 친구를 저런 병신으로 되게 한 놈두, 다 누구겠소? 알아들었수? 이 친구."

사나이의 이 같은 말은 칠성의 뼈끝마다 짤짤 저리게 하였고 애

꽃은 하늘과 땅만 저주하던 캄캄한 어둠 속에 어떤 번쩍하는 불빛을 던져주는 것 같으면서도 다시 생각하면 아찔해지고 팽팽 돌아간다. 무엇인가를 묻고 싶어 머리를 번쩍 들었으나 입이 콱 붙고 만다. 그는 시름없이 하늘을 물끄러미 보았다.

어느덧 밖은 안개비로 자욱하였고, 먼 산이 눈물을 머금고, 구불구불 솟아 있으며, 빗소리에 잠겼던 개구리 소리가 그의 동네 앞인가도 싶게 했고 또한 큰년의 뒷매˙가 홰나무 아래 어른거려 보인다. 칠성이는 부스스 일어났다.

"난, 난 집에 가겠수."

사내도 따라 일어난다.

"어, 집이 있우?……. 가보우."

칠성이가 머리를 드니 사내가 곁에 와서 밀짚모를 잘 씌워주고 빙긋이 웃는다. 어머니를 대한 것처럼 어딘가 모르게 의지하고 싶은 생각과 믿는 마음이 들었다.

"잘 가우……. 세월 좋으면 또 만나지."

대답 대신으로 그는 마주 웃어 보이고 걸었다. 한참이나 오다가 돌아보니, 사내는 우두커니 서 있다. 주먹으로 눈을 닦고 보고 또 보았다.

길 좌우에 늘어앉은 조밭 수수밭은 이랑마다 물이 충충했고, 조

˙ 뒷매 뒤로 드러나 보이는 모양새.

이삭, 수수 이삭이 절반 넘어져 물에 잠겨 있다. 올해도 흉년이구나 할 때, 어디서 "맹" 하니 또 어디서 "꽁" 하는 소리가 들렸다. 저 멀리 귀 시끄럽게 우짖는 개구리 소리는 무심한데, 이제 그 어딘가 곁에서 "맹꽁"하는 그 소리는 사람의 음성같이 무게가 있었다.

안개비 나실나실* 내려온다. 조금 말라 오려던 옷이 또 촉촉이 젖고, 눈썹 끝에 안개비 엉기어 마음까지 묵중하고 알 수 없는 의문이 뒤범벅이 되어 돌아간다.

그가 그의 마을까지 왔을 때는 다시 빗발이 굵어지고 바람이 슬슬 불기 시작하였다. 언제나 시원해 보이는 홰나무도 찡그린 하늘 아래 우울해 있고, 동네 뒤로 나지막이 둘려 있는 산도 빗발에 묻히어 잘 보이지 않았다. 그러나 큰년이가 물동이를 이고 이 비를 맞으면서도 저 산 아래 박우물로 달려가지나 않나 하는 생각이, 집집의 울바자며 채마밭의 긴 바자가 차츰 선명히 보일 때 선뜻 들어 그의 발길은 허둥거렸다.

집에까지 오니 어머니는 눈물이 그득해서 나왔다.

"이놈아, 어미 기다릴 것도 생각지 않고 어딜 그리 다니느냐."

어머니는 동냥자루를 받아 쥐고 쿨쩍쿨쩍 울었다. 칠성이는 잠잠히 방으로 들어오니, 빗물 받는 그릇이 절반을 차지했고, 뚝뚝

* 나실나실 '짧고 연한 풀이나 털 따위가 늘어져 자꾸 가볍게 흔들리는 모양'이라는 뜻의 북한어.

들리는 빗소리가 장단 맞춰 났다. 칠성이는 그만 우두커니 서서 어쩔 줄을 몰랐다. 몸은 아까보다 더 춥고 떨리어서 견딜 수 없다.

칠운이와 아기는 아랫목에 누워 있고 아기 머리엔 무슨 헝겊으로 허옇게 싸매 있었다. 그들의 그 작은 몸에도 빗방울이 간혹 떨어진다.

"아무 데나 앉으렴. 어쩌겠니……. 에그, 난 어젯밤 널 찾아 읍에 가서 밤새 싸다니다 왔다. 오죽해야 술집 문까지 두드렸겠니. 이놈아. 어딜 가면 간다고 하지 그게 뭐야."

이번에는 소리까지 내어 운다. 남편을 잃은 뒤 그나마 저 병신 아들을 하늘같이 중히 의지해 살아가는 어머니의 마음을 엿볼 수가 있다. 칠운이는 울음소리에 벌떡 일어났다.

"성 왔네! 성 왔네!"

눈을 잔뜩 움켜쥐고 뛰었다. 그 통에 파리는 우그르르 끓고, 아기까지 키성키성 보챈다. 칠운이는 두 손으로 눈을 비비치고 형을 보려다가는 못 보고 또 비빈다.

"이 새끼야 고만두라구. 그러니 더 아프지. 에그 너 없는 새 저것들이 자꾸만 앓아서 죽겠다. 거게다 눈까지 덧치니.* 그런데 이 동리는 웬일이냐. 지금 눈병 때문에 큰일이구나. 아이 어른 모두 눈병에 걸려 눈을 못 뜬다."

* 덧치다 낫거나 나아가던 병세가 다시 더하여지다. '더치다'의 북한어.

160

칠성이는 지금 아무 말도 귀에 거치지 않고, 비 새지 않는 곳에 누워 한잠 푹 들고 싶었다. 칠운이는 마침내 응응 울다가 무슨 생각을 하고 뒷문 밖으로 나가더니 오줌을 내뻗치며, 그 오줌을 눈에 바른다.

"잘 발라라. 눈등에만 바르지 말고 눈 속에까지 발러……. 저것도 반가워서 저리도 눈을 뜨려구. 어제 성아 성아 찾더구나."

어머니는 또 운다. 칠성이는 등에 선뜻 떨어지는 빗방울을 피하여 앉으니, 이번에는 콧등에 떨어져 입술에 흐른다. 그는 콧등을 후려치고 화를 버럭 내었다.

"제 제길"

"글쎄 비는 왜 오겠니. 바람이나 불지 말아야 할 터인데, 저 바람! 기껏 키운 조는 다 쓰러져 싹이 나겠구나. 아이구 이 노릇을 어찌해야 좋으냐. 하나님 맙소사."

두 손을 곧추 들고 애걸한다. 그의 머리는 비에 젖어 이기어 붙었고 눈은 눈곱에 탁 엉기었고, 그 속으로 핏줄이 뻘겋게 일어 눈이 시커메서 바라볼 수 없는데, 시커먼 옷에 천장 물이 어룽어룽 젖었다.

칠성이는 얼른 샛문 턱에 걸터앉아 눈을 딱 감아버린다. 눈이 자꾸만 피곤하고 그래선 새 속눈썹이 가시 같아 눈 속을 꼭꼭 찌른다.

그는 눈을 두어 번 굴렸을 때 문득 방앗간이 떠오른다.

"어제 개똥네 논에 동이 터졌는데, 전부 쓸려 나갔다누나. 에구 무서워. 저게 무슨 바람이냐. 저 바람! 우리 밭은 어쩌나."

어머니는 밖으로 뛰어나간다. 칠운이는 울면서 따르다가 문턱에 걸려 공중으로 나가넘어지고 시재 가르려는 소리를 하였다. 칠성이는 눈을 부릅떴다.

"저 저놈의 새끼, 주 죽이고 말까 부다."

어머니는 얼른 칠운이를 업고 물러나서 정신없이 밖을 바라보고, 또 나갔다가 들어왔다. 칠운이를 때리다가 중얼중얼하며 돌아간다.

칠성이는 이 꼴이 보기 싫어 모로 앉아 눈을 감았다. 무엇에 놀라 눈을 뜨니, 아랫목에 누워 할락할락하는* 아이가 일어나려다 쓰러지고 소리 없는 울음을 입으로 운다. 머리를 갈자리에 비비다가도 시원치 않은지 손이 올라가서 헝겊을 쥐고 박박 할퀴는 소리만 징그러워 들을 수 없었다.

칠성이는 눈을 안 뜨자 하다가도 어느새 문뜩 뜨게 되고 아기의 저 노란 손가락이 머리를 쥐어 뜯는 것을 보게 된다. 조놈의 계집애는 죽었으면! 하면서 눈을 감는다.

바람은 점점 더 세차게 분다. 살구나무 꺾이는 소리가 뚝뚝 나고, 집 기둥이 쏠리는지 썩썩 쿵! 하는 소리가 뒷문에 울렸다. 칠

---

* 할락할락하다 '숨을 조금 가쁘게 잇따라 쉬다'라는 뜻의 북한어.

운이는 방으로 들어와서 눕는다.

"성아, 내일은 눈약도 얻어 오렴. 개똥인 저 아버지가 읍에 가서 눈약 사 왔는데 그 약을 넣으니까 눈이 낫다더라, 응야."

칠성이는 잠잠히 들으며, 얼른 가슴에 품겨 있는 큰년의 옷감을 생각하였다. 차라리 눈약이나 사 올 것을 하는 마음이 잠깐 들었으나 사라지고, 어떻게 큰년에게 이 옷감을 들려줄까 하였다.

부엌에서 성냥 긋는 소리가 들리더니 어머니가 들어온다.

"아궁이에 물이 가득하니 이를 어쩌냐. 저것들은 아무것도 못 먹었는데……. 너두 배고프겠구나."

이런 말을 하고 밖으로 나가더니 곧 뛰어 들어온다.

"큰년이네 논두 동˚이 터졌단다. 그리 튼튼하던 동두, 저를 어쩌니."

칠성이는 눈을 둥그렇게 떴다.

"좀 자려무나 요 계집애야, 왜 자꾸만 머리를 뜯니. 조놈의 계집 애는 며칠째 안 자고 새웠단다. 개똥 어머니가 쥐 가죽이 약이라기에 쥐를 잡아 저리 붙였는데 자구만 떼려구 저러니, 아마 나으려구 가려운 모양이지."

그렇다고 해줘야 어머니는 마음이 놓일 모양이다. 큰년네 말에 칠성이는 눈을 떴는데 딴 푸념을 하니 듣기 싫었다. 하나 꾹 참고,

---

˚ 동 크게 쌓은 둑.

"그 그래. 큰년네두 논이 떴대?"

"그래! 젖이 안 나니……."

어머니는 연방 아기를 보고 그의 젖을 주물러본다. 명주 고름끈 같이 말큰거린다.

아기는 점점 더 할딱할딱 숨이 차오고, 이젠 손을 놀릴 기운도 없는지 손이 귀밑으로 올라가고는 맥을 잃고 다르르 굴러떨어진다. 어머니는 바람 소리를 듣더니,

"이젠 우리 조는 못쓰게 되었겠다! 큰년네 논이 뜨는데 견디겠니……. 참 큰년이는 복 좋아, 글쎄 이런 꼴 안 보렴인지 어제 시집갔단다."

"큰년이가?"

칠성이는 버럭 소리쳤다. 그의 가슴에 고이 안겨 있던 큰년의 옷감은 돌같이 딱 맞질린다. 어머니는 아들의 태도에 놀라 바라보았다.

"어마이 저것 봐!"

칠운이는 뛰어 일어서서 응응 운다. 그들은 놀라 일시에 바라보았다.

아기는 언제 헝겊을 찢었는지, 반쯤 헝겊이 찢어졌고, 그리로부터 쌀알 같은 구더기가 설렁설렁 내달아 나오고 있다.

"아이구머니 이게 웬일이야 응, 이게 웬일이어!"

어머니는 와락 기어가서 헝겊을 잡아 젖히니 쥐 가죽이 딸려 일

어나고 피를 문 구더기가 아글바글 떨어진다.

"아가, 아가 눈 떠! 눈 떠라 아가!"

이 같은 어머니의 비명을 들으며 칠성이 "엑!" 소리를 지르고 우둥퉁 밖으로 나와버렸다.

비는 좍좍 쏟아지고 바람은 미친 듯 몰아치는데, 거기에 우르릉 쾅쾅 하고 하늘이 울고 번갯불이 제멋대로 쭉쭉 찢겨나가고 있다.

칠성이는 묵묵히 저 하늘을 노려보고 있었다.

《소금》(심진경 엮고 옮김, 민음사)을 바탕으로
표기와 주석을 추가 및 수정하였음.

이 소설은 1936년 《조선일보》에 발표된 단편소설이다. 식민지 시대 황해도 송화 근처의 어느 시골 마을을 배경으로, 사회로부터 멸시받고 소외당하는 인물들의 수난기를 그리고 있다. 어릴 때 병에 걸렸지만 약을 쓰지 못해 불구자가 된 칠성이는 구걸을 하며 가족의 생계를 책임진다. 칠성의 어머니는 막내를 낳고 바로 밭일을 하던 중 다리 사이로 묵직한 살덩이가 나왔는데, 그곳에선 물이 줄줄 흐르며 악취가 나고 지독한 통증이 느껴지기도 한다. 칠성의 동생들 또한 병세가 있지만 약을 쓰지 못하며, 막내 영애의 경우 머리에 난 종기를 쥐 가죽으로 치료하려다가 구더기가 득실대는 머리를 벅벅 긁으며 쓰러지고 만다.

큰년이네 또한 지하 같은 공간을 살아가는 사람들이다. 큰년이는 눈이 보이지 않는 장애를 가졌고, 큰년의 어머니는 밭에서 아기를 사산하고도 그다음 날 노동 현장에 투입되는 고달픈 삶을 살아간다. 칠성이는 큰년이에게 좋은 것을 해주는 데 기쁨과 보람을 느낀다. 그러던 어느 날 칠성이는 돈푼깨나 있다는 부잣집에 큰년이가 씨받이로 팔려 간다는 소문을 듣게 되고, 큰년이에게 좋은 옷감을 끊어다 주어 큰년이네 가족들의 마음을 돌리기 위해 집을 나선다.

칠성이는 먼 읍내까지 나와 옷감을 구하지만, 난데없는 빗방울이 떨어지기 시작한다. 비를 맞고 서 있는 칠성이에게 한 중년의 불구자가 친절을 베푼다. 그는 공장에서 기계에 물려 다리를 잃게 된 자신의 사연을 이야기하고는, 누구 때문에 이 꼴로 살아가게 되었는지 알아야 한다고 말하면서 현실에 대한 개혁 의지를 보인다.

자신의 마을로 돌아온 칠성이는 어머니로부터 큰년이가 시집을 갔다는 이야기를 듣게 된다. 칠성이는 사내의 말을 이해하지 못하는 처지이며, 다만 절망에 차 하늘을 노려볼 뿐이다. 궂은 날씨는 무엇 하나 손쓸 수 없는 식민지 하층민의 비극을 더욱 심화시킨다.

앞의 <소금>과는 달리 이 작품에서는 타락한 식민지 부르주아와 생계를 위협받는 노동자와 같은 전형적인 이항 대립은 성립하지 않는다. 또한 갈등 해결을 위한 전망이나 시각 역시 뚜렷이 드러나지 않는다. 이 작품으로 인해 강경애는 자연주의 작가로 분류되기도 했다. 하지만 죽음을 낳을 뿐인 지하촌이라는 공간에서, '생명'이란 어떤 의미가 있는지를 역설적으로 묻는다는 점에서 이 작품은 인물들을 둘러싼 사회의 '비생명성'을 폭로하고 있다고 할 수 있다.

작품 깊이읽기

지하를 살아가는 사람들

소설의 제목인 '지하촌'이 암시하듯, 어떤 희망의 빛도 들지 않는 이 마을은 질병과 죽음으로 가득 차 있다. 대부분의 등장인물은 저마다 육체의 아픔을 갖고 살아가는데, 서술자는 이 아픔을 묘사하는 데 상당한 분량을 할애한다. 인물들이 지닌 아픔은 대부분 가난에서 온 것으로, 자칫 관조할 수 있는 '궁핍'의 문제를 매 순간 감각할 수밖에 없는 육체의 고통으로 드러낸다. 눈을 뜨고 있는 순간마다 자각하게 되는 이 고통은 인물들의 일상임과 동시에 그러한 일상이 진행되고 있는 작품에 극적인 긴장감을 준다. 병이 있거나 불구자인 사람들은 자신들의 궁핍을 해결할 능력을 상실했기에 서로를 미워하고, 미워하면서도 의지하며 살아간다. 그칠 줄 모르는 야속한 비바람은 기껏 키운 작물들을 쓸어가고 논과 밭을 헤집어 놓는다.

특히 세상에 무방비로 태어난 존재인 막내 영애가 궁핍으로 인해 겪는 고통은 지독하리만치 비참하다. 피똥을 누고 오줌을 먹고 구더기를 쏟아내는 영애는 지하촌과 같은 마을에서 누구에게도 제대로 보살핌을 받지 못한다. 약을 쓸 돈이 없어 서서히 죽음을 향해 걸어가는 가족들의 모습은, 하루하루

구걸로 목숨을 이어간 식민지 조선 유랑민들의 현실을 여실히 보여준다.

시집가게 되는 큰년이

농촌의 빈궁한 청년들에게 사랑이 꽃필 가능성이 있을까? 구걸하며 험한 꼴을 당하더라도 큰년이의 기뻐할 모습 하나를 바라던 칠성이의 사랑은 근엄한 자본 앞에서 산산조각 나고 만다. 불구자인 자신의 처지를 걱정하면서도 큰년이에게 과자를 먹이기 위해 집 앞을 서성이던, 개에게 물리고 비에 흠뻑 젖어가며 비틀비틀 먼 길을 걸어 그녀의 선물을 사 오던 칠성이의 좌절은 지켜보는 이의 안타까움과 절망감을 더욱 심화시킨다.

모든 것을 잃은 칠성이와는 달리, 동네 여인들은 큰년이의 처지를 부러워하고 축하하는 모습을 보인다. 엄밀히 말해 인신매매를 당하고 있는 큰년이에게 복이 좋다고 말하고 있는 것이다. 이는 지하촌이라는 곳이 궁핍을 해결하기 위해서라면 비윤리적 행위마저도 우연한 행운으로 여겨지는 암담한 지옥임을 알게 한다.

중년의 불구자 사내

비를 피하기 위해 들어온 어느 마을에서 칠성이는 부잣집에 동냥을 하러 들어갔다가 사나운 개에게 물리고 만다. 동물에게까지 멸시를 받으며 터덜터덜 돌아가는 칠성이의 모습을 통해 각박한 당대 인심을 엿볼 수 있다.

이와는 달리 없는 처지에도 칠성이의 젖은 옷을 걱정하며 식은 조밥을 내오는 사내에게 칠성이는 마음을 연다. 사내는 자신이 과거 공장 노동자였다가 기계 사고로 다리를 잃었다고 한다. 약을 쓰지 못하여 생긴 칠성이의 장애와 연결 지으며, 불구가 된 원인을 알아야 하고 죽더라도 무언가를 해봐야한다고 이야기한다. 하지만 칠성이의 각성과 사내와의 연대 가능성은 결론부에 가서 좌절되고 만다.

마지막 구절의 의미

칠성이는 사내와의 대화를 통해 어떤 번쩍하는 불빛을 본 것 같으면서도 알수 없는 의문으로 머리가 가득 찬다. <소금>에서 봉염이 어머니가 각성한것과는 달리, 칠성이는 사내의 말을 이해하지 못한 채 하늘을 노려볼 뿐이다. 이상으로서 현실을 극복하려는 시도가 좌절된 이 대목을 통해, 고통의원인을 이해할 수도 없고 희망을 품을 수도 없는 커다란 모순과 균열을 내비친다.

칠성이의 머리 위로는 미친 듯 바람이 몰아치고, 하늘이 무너질 듯 천둥과 번개가 친다. 거대한 자연 현상 앞에 묵묵히 우뚝 서 있을 뿐인 칠성이의모습은, 거대한 궁핍 앞에 무력하게 서 있을 뿐인 지하촌 사람들의 비극적인운명을 암시하는 것이 아닐까.

- 칠성이가 거미줄의 이슬방울이나 댑싸리나무를 먹고, 칠운이가 눈병 난 곳에 오줌을 바르는 이유는 무엇일까?
- 시집을 가지 말라는 칠성이의 말에 큰년이는 왜 "내가 아니, 아버지가 알지."라고 대답했을까?
- 큰년이 어머니가 밭에서 낳은 아기를 두고, 왜 어머니는 죽기를 잘했다고 이야기했을까?
- 칠성이네 가족은 앞으로 어떻게 살아가게 될까?

어둠

툭 솟은 광대뼈 위에 검은빛이 돌도록 움쑥 패인 눈이 슬그머니 외과실을 살피다가 환자가 없음을 알았던지 얼굴을 푹 숙이고 지팡이에 힘을 주어 붕대 두른 다리를 철철 끌고 문안으로 들어선다.

오래 깎지 못한 머리카락은 남바위°나 쓴 듯이 이마를 덮어 꺼칠꺼칠하게 귀밑까지 흘러내렸으며 땀에 어룽진 옷은 유지같이 싯누래서 몸에 착 달라붙어 뼈마디를 환히 드러내고 있다. 소매로 나타난 수숫대 같은 팔에 갑자기 뭉퉁하게 달린 손이 지팡이를 힘껏 다궈° 쥐었다. 금방 뼈마디가 허옇게 나올 것 같다.

의사는 회전의자에 앉아 의서를 보다가 흘끔 돌아보았으나 못 볼 것을 본 것처럼 얼른 머리를 돌리고 검실검실한 긴 눈썹에 싫은 빛을 푸르르 깃들이고서 여전히 책에 열중한 체한다. 저편 침대 곁에서 소곤소곤 지껄이던 간호부들은 입을 다물고 우두커니 서 있다. 그중에 제일 나이 들어 보이는 간호부가 환자를 바라보

° 남바위 추위를 막기 위해 머리에 쓰는 쓰개. 겉의 아래 가장자리에 털가죽을 둘러 붙였고 앞은 이마를 덮고 뒤는 목과 등을 덮는다.
° 다궈 단단하게.

자 얼굴이 해쓱해서 '오빠!' 하고 부르려 했으나 다시 보니 오빠는 아니었다. 가시로 버티는 듯한 눈을 억지로 내리떴다. 마룻바닥은 캄캄하였다. 귀가 울고 가슴이 달막거린다.˚ 꼭 오빠였다. 조금도 틀림없는 오빠이었다. 한데 눈 한 번 깜박일 새 그가 제일 싫어하는 무료과에 입원한 환자가 아니었던가. 내가 미쳤나, 소리를 쳤더라면 어쩔 뻔했어, 하고 다시 환자를 바라보았다. 오빠는 저러한 불쌍한 사람을 위하여 목숨까지 바친 셈인가! 이러한 생각이 불쑥 일어나자 그의 조그만 가슴이 화끈 뜨거워진다. 그는 얼른 알코올 십뿌(습포)˚를 가지고 환자의 곁으로 가서 붕대에 손을 대었다. 오빠는 참으로 이런 사람을 위했음인가? 머리가 어찔해지고 손끝이 포들포들 떨린다. 풀리는 붕대에서는 살 썩은 내가 뭉클뭉클 일어난다. 참말 오빠는 사형을 당하였어, 거짓 소리가 아닐까. 손은 환부를 꾹 눌러 누런 고름을 뽑으면서 맘으로는 이리 분주하였다.

뻘건 피가 고름에 섞여 주루루 흘러내린다. 그는 손에 힘을 주었다. 퉁퉁 부은 환부에 손이 옴쑥˚ 들어가며 다리뼈 마디에 맞질리운다. 발그레한 손끝에 피와 고름이 선뜻 묻는다. 오빠의 얼굴이 선히 떠오른다. 오빠는 목숨까지 바쳤거든 나는 요만 병자를

˚ 달막거리다 마음이 자꾸 설레다. 또는 그렇게 되게 하다.
˚ 습포 찜질 수건.
˚ 옴쑥 가운데가 비스듬히 쑥 들어간 모양이라는 뜻의 북한어.

175

대하기도 싫어했구나. 눈이 캄캄해지며 형용할 수 없는 감격이 토실히 부은 그의 눈등에까지 흔흔히° 올라오고 있다.

고름은 멈춰지고 피만 흐르매 알콜 십뿌로 환부를 박박 문지르고 핀셋으로 니바노루 가제°를 집어 어웅한° 환부 속을 헤치고 깊이 밀어 넣은 담에 소독한 가제에다 부로시 십뿌를 싸서 환부에 덮고 노란 유지°를 놓아 붕대해 주었다. 환자는 이마에 흐르는 땀을 손등으로 부비치고 나서 지팡이를 짚고 일어나 나간다. 땀내에 머리카락 쉰내인 듯한 냄새가 후끈 끼친다. 그는 물러났다. 적삼 깃을 쓰적이는° 환자의 머리털이며 고름을 이겨 붙여 말린 듯한 잠방이 밑, 저는 필시 부모도 처자도 없는 게로구나, 하고 돌아서서 스팀 곁에 있는 세면기에 손을 넣었다. 나도 단지 어머님뿐만이 아닌가, 크레졸° 물이 그의 손에 가볍게 부딪힐 때 이리 생각되었다. 귀밑에 땀이 뽀르르 흘러내린다.

그는 보느라 없이 의사를 보았다. 양미간을 찌푸린 채 책을 보고 있다. 기분이 좋지 못할 때 언제나 저 모양을 한다. 그런 험한

° 흔흔히 매우 기쁘고 만족스럽게.
° 가제 거즈.
° 어웅하다 굴이나 구멍 따위가 쑥 우므러져 들어가 있다.
° 유지 기름종이.
° 쓰적이다 물건이 서로 맞닿아 비벼지는 소리가 나다. 또는 그런 소리를 내다.
° 크레졸 콜타르에서 얻는 연한 갈색의 약산성 액체. 살균력이 강하여 소독제, 방부제 따위로 쓰인다.

환자가 다녀간 뒤라 그런지 의서 가운데 난해의 문구가 있어 그런지 딱히 집어낼 수는 없었다. 그러나 그는 뜻하지 않은 옛일을 문득 회상하고 코웃음 치지 않을 수가 없었다.

십 년 전 의사가 이 병원에 갓 부임했을 때는 모든 일에 열과 피가 움직였다. 특히 빈한한 환자에게 한하여는 수술료 같은 것은 반감하였고 또는 사정만 하면 한 푼도 받지 않았다. 그래서 원장과도 말다툼이 잦았으며, 한때는 사직한다는 말까지 있어 시민들까지 우려하였던 것이다.

때는 흘렀다. 거기에 따라 인심도 흐른 것인가, 십 년 전 의사와 오늘의 그는 딴 사람인 것처럼 변하여진 것이다. 하필 의사뿐이랴, 오빠가 떠난 후에 영실의 맘과 몸까지도 엄청나게 달라졌다는 것을 비로소 지금 느끼는 것이다.

우리는 없는 놈이니까 같은 없는 놈을 동정하여야 하고 보다도 이러한 생지옥을 벗어나기 위하여는 싸우지 않으면 안된다, 누이야.

어떤 날 밤중에 길 떠나면서 매달리는 그 누이에게 이르던 오빠의 말, 결국 오빠는 그 길에서 돌아오지 못하고 말았다. "오빠 너무해, 너무해, 어머니는 어쩌구 저 모양이 되어, 온 세상이 우리 모녀를 업수이 보고 해치려는데……"

그는 커튼으로 눈을 옮겼다. 한낮 햇볕에 주홍빛으로 물들여진

커튼은 눈물에 어리어 뿌옇기도 하고 어찌 보면 캄캄도 하였다.

열두 시를 땅땅 친다. 뒤이어 웅 하고 일어나는 저 사이렌 소리. 병원을 즈르릉° 울려준다. "너의 오빠는 사형당하였단다. 우웅우웅." 외치는 듯 호소하는 듯 땅을 울리고 하늘에 솟았다 툭 끊어져 버렸다.

의사는 책을 덮어놓고 일변 수건을 내어 얼굴을 씻으면서 일어나 밖으로 나간다. 가죽 슬리퍼 끄는 저 소리, 그는 문득 신발 소리를 따라 귀를 세웠음을 발견하고 스스로 조소하지 않을 수가 없다. 이젠 의사는 그를 잊은 지 오래였고 이미 딴 여자와 약혼까지 하지 않았나. 그런데 왜 자신은 그를 잊지 못하고 입때까지 생각하나. 호! 나오는 한숨을 언제나처럼 꿈쩍 삼켰다가 한참 만에야 가만히 내뿜었다.

믿던 사나이도 변하였고, 행여나 나오면 나오게 되면, 하고 주야로 기다리던 오빠마저 영원히 가버리었다. 오빠가 나오면 어머님께도 숨긴 이 비밀을 이야기하여 이 억울함을 설치하고자° 했건만 그 희망조차 툭 끊지 않으면 안 되게 되었다. 번득이는 송풍관을 바라보자 눈에 핏줄이 따갑게 일어나는 듯해서 눈을 감고 침대에 걸어앉았다. 소매에서 크레졸 내가 솔솔 풍기고 있다.

• 즈르릉 '얇은 쇠붙이 따위가 서로 부딪쳐 조금 크게 울리는 소리'라는 뜻의 북한어.
• 설치하다 설욕하다.

"아이 언니, 오빠를 생각하지? 그러지 말아요, 이젠 그리된 것을 아끼라메(체념) 해야지 어쩐다나."

효숙이가 깨울하여˙ 본다. 눈에 동정의 빛이 짜르르하다. 통통한 볼에 윤기가 돌고 엷은 입술 사이로 다문다문한˙ 이가 구슬같이 동글다.

"어서 소지˙나 해요."

효숙의 뒤에서 물끄러미 바라보는 나카가와를 보았다.

"너무 슬퍼하지 말아요, 이李상さん."

머리를 끄떡해 보인다. 그는 한숨을 후 쉬었다. 말로나마 동무들은 이리 위로하여 주건만 정작 위로하여 줄 의사만은 입을 다문 채 오히려 모르는 체한다. 이것이 무엇보다도 괘씸하고 분하여서 그 앞에서는 조금도 슬픈 빛을 띠지 않으려 적심˙을 다 기울이는 것이다.

효숙이는 영실의 눈이 까스스해지는˙ 것을 보고 돌아서서 바께쓰˙를 가지고 수도 곁으로 가서 좌르르 수도를 틀어놓았다. 머리에 꽂힌 모자는 깨울하였고, 그 밑으로 토실한 목덜미가 나부룩

• 깨울깨울하다 '작은 물체가 매우 귀엽게 이리저리 자꾸 기울어지다'라는 뜻의 북한어.
• 다문다문하다 공간적으로 비좁지 아니하고 사이가 좀 드물다.
• 소지 '소제, 청소'의 일본어.
• 적심 거짓 없는 참된 마음.
• 까스스하다 사람이나 짐승의 짧은 털이 매우 거칠게 일어나 있다.
• 바께쓰 한 손으로 들 수 있도록 손잡이를 단 통.

한˚ 머리에 덮이었다. 나카가와는 눈을 껌벅이면서 주사기, 핀셋, 존데˚ 같은 기계를 한 줌 쥐고 소독용 가마 곁으로 와서 나사를 틀어놓으니 물이 쏼쏼 끓고 더운 김이 팡팡 기어오른다. 거기에 기계들을 집어넣고 물러난다. 금시 코밑에 땀이 송알송알 맺히었다.

영실이는 힘없는 다리를 옮겨서 그의 사무 책상으로 왔다. 손은 벌써 흐트러진 책상 위를 정돈하는 것이다. 누런 뚜껑을 한 의서에서 호르르 오르는 담뱃내와 가오루(薰)˚ 내, 그는 의사의 숨결을 문득 볼에 느낀다. 일변 눈을 찌푸리고 생각을 돌리려 효숙의 분주한 양을 바라보았다. 약간 푸른 기를 띤 새하얀 간호부 복에서 또한 의사의 옷 갈피를 홀연히 발견하는 것이다. 그는 하는 수 없이 천장을 바라보았다. 오빠는 사형당하였다. 천장에 시커멓게 쓰인 것을 또한 보게 된다.

효숙이는 걸레로 마루를 닦고 책상, 의자, 도다나(戶棚)˚를 닦으면서 열심히 조잘거리고 있다. 머리 까딱이는 몸짓하는 게 나카가와보다 훨씬 능란한 것 같다. 나카가와는 푸시시한 머리를 소독 가마에서 오르는 김에 뽀얗게 적시우고 서서 기계를 꺼내어 하나 하나 탈지면으로 닦으며 "그래." "참말." 하고 효숙의 말을 받고 있

* 나부룩하다 늘어진 모양이 차분하다.
* 존데(Sonde) 체강(體腔)이나 장기 속에 삽입하여 상태를 조사하는 관 모양의 의료기구. 소식자(消息子)라고도 한다.
* 가오루 '향기, 향을 피운 냄새'라는 뜻의 일본어.
* 도다나 '찬장'의 일본어.

다. 그들은 아무 걱정도 없어 보인다.

소제가 끝나자 둘이는 머리를 까딱해 보이고 밖으로 통통 뛰어나간다. 이어 점심 종소리가 댕그릉 댕그릉 울려온다. 그는 엊저녁부터 굶었건만 밥 먹고 싶지 않았다. 이십여 일 전 의사가 약혼할 당시부터 굶기 시작한 것이 그 후로 한두 끼니는 예사로 굶게 되는 것이다. 보다도 그때로부터 밥맛을 잃어버렸다.

그는 복도로 통한 문을 닫고 포켓에 손을 넣었다. 신문이 바스락 만져진다. 몸이 흠칫해지고 솜털이 오스스해진다. 손을 빼어 볼에 대었다. 잘못 본 것이라면 얼마나 좋을까, 혹시 알 수가 있나, 손은 다시 포켓 속으로 들어간다. 땀이 뿌찐뿌찐 나고 팔이 후루루 떨린다. 신문을 쥐었다. 놓았다. 망설였다. 살금살금 끌어내었다. 눈에 칼날이 스치는 듯 산득산득해서 바로 볼 수가 없다. 절반 일그러진 사형수들의 사진 틈에 목이 상큼하게 패인 오빠가 툭 뛰어들었다. 그는 머리를 돌리고 같은 사람도 있지, 이름으로 눈을 옮기자 신문을 와락 접어 던졌다. 순간 철사로 그를 숨 쉴 수 없이 꽁꽁 동였음을 느낀다. 아무리 벗어날래야 날 수 없는 그런 철망에 감긴 것을……. 오빠! 어머님께 뭐라고 하라우! 이때까지는 속여왔지만 이제는 뭐라고…….

어제 이맘때 의사의 손을 거쳐 떨어지던 이 신문 호외!˚ 얼마나

˚ 호외 특별한 일이 있을 때 임시로 발행하는 신문이나 잡지.

기막힌 소식이었던가. 그는 당장에 기색하였던[*] 것이다. 그때 아주 피어나지 말았던들 이 아픈 양은 당하지 않을 것을, 그는 부지중에 손등을 꽉 물어 떼었다. 피가 봉긋이 솟아오른다. "오빠는 나쁜 사람이야. 그 어머님께 죽음을 뵈어. 너무해, 너무해. 어머님께 뭐라고 여쭐까." 그는 벌떡 일어나 빙빙 돌았다. 어머니만 아니면 약이라도 먹고 금방 이 괴로움을 잊고 싶다. 한데 칠순이 다 된 어머니가 있지 않나. 아들이 나오면 만나보겠다고 눈이 깜해서 기다리는 어머니가 있지 않나.

영실아, 우리가 사형 언도를 받은 것은 신문지상으로 벌써 알았겠구나, 하지만 봐라, 결코 우리는 죽지 않는다. 언제든지 나가서 어머니와 너를 대할 날이 있을 터이니 그때를 기다려라. 어머니께는 당분간 숨겨다오, 누이야.

최후 심에서 사형 언도를 받은 오빠에게서는 이러한 편지가 왔던 것이다. 온 세상이 뭐라고 떠들든지 그는 오빠의 이 말을 믿고 싶었으며 또한 믿어지던 것이다. 하나 결국은 사형을 당하고야 말지 않았나, 그는 신문을 와락 당기어 올올이 찢어 창밖으로 던졌다.

저편 정원엔 한창인 화단이 눈이 시릴 만큼 번거로웠고, 정원을

• 기색하다 심한 흥분이나 충격으로 호흡이 일시적으로 멎다.

둘러싼 비수리나무 울타리는 요새 가지 깎음을 받아 가지런하게 돌아갔다. 거기엔 이제야 봄이 툭툭 쥐어발렸다.

참일까, 거짓이지, 오늘이라도 오빠에게서 편지가 올지 모르지. 그는 시계를 쳐다보았다.

물소리가 났다. 누가 편지를 들고 들어오는 것 같아 왁 울음이 나오는 것을 참고 머리를 돌렸다. 의사가 무심히 들어오다가 흠칫 하였으나 태연히 들어와서 의자에 걸어앉는다. 그의 손엔 아무것 도 없었다. 일변 담배를 피어 문다.

코끝에까지 울음이 빼듯이 내민 것을 억지로 삼키려니 자꾸만 입이 비죽거려지고 숨이 가쁘다. 그러나 눈엔 독이 파랗게 서리고 있다. 혀를 꼭 깨물고 책상을 힘껏 붙들었다. 혀끝에서 피가 나는 지 간간한 맛이 머리에까지 따끔따끔 느껴지고 있다. 의사는 성큼 일어나더니 도나다 곁으로 가서 담숙담숙 쌓아 놓은 알코올 십뿌 를 집어 손을 닦고 있다.

"점심 먹었어?"

이 물음에 영실의 보풀락한 눈등은 찢어질 듯이 팽팽하여졌다.

"왜 대답이 없어?"

말끝에 씩 웃는다. 그의 말버릇이 그렇게만 지금에 있어서는 자 신의 처지를 비웃는 웃음 같아 더 참을 수 없는 분이 왈칵 내밀치 므로 눈을 쏘아보았다.

포마드를 발라 넘긴 머리카락은 보기 싫게 흔들거리고 거무틱

틱한 눈에 거만함이 숭글숭글 얽히었다. 의사는 그의 시선을 피하여 열심히 손끝만 보고 비빈다. 전날에 고상해 보이던 그의 인격은 어디로 갔는지 흔적도 찾을 수 없고 머리에서 발끝에까지 야비함이 주르르 흘러내린다. 저런 사나이에게 귀한 처녀를 빼앗기었나, 보다도 오빠만을 고이 생각하던 누이의 맑은 맘은 송두리째 빼앗기었나, 하니 자신의 어리석음이 기막히게 분하여진다. 그만 달려가서 저 사나이를 푹푹 찔러 죽이고 싶다.

의사는 그의 눈치를 채었음인지 슬금슬금 나가버린다. 그는 의사가 보이지 않도록 쏘아보다가 일어나 위층 츠메쇼(詰所)*로 올라왔다.

활짝 열어젖힌 창으로 오빠를 잃은 저 하늘이 찰찰 넘쳐흐르고 책상 위의 두어 송이의 백합이 그 하늘을 갸웃이 바라보고 있다. 그는 의자에 털썩 주저앉아 하늘을 멍하니 바라보노라니 층대를 올라오는 신발 소리가 아득히 들린다 의사인가 싶어 휙 돌아보니 소사*인 김 서방이 바쁘게 올라온다. 울어서 부은 눈을 아무에게도 보이기 싫어서 머리를 돌렸다. 한참 후에 무심히 머리를 돌리니 그의 옆에 김 서방이 우뚝 섰지 않느냐. 그는 와락 반가운 맘이 들어 벌떡 일어났다.

* 츠메쇼 '대기실'의 일본어.
* 소사 관청이나 회사, 학교, 가게 따위에서 잔심부름을 시키기 위하여 고용한 사람.

184

"편지 왔소?"

김 서방은 뭣이 들어앉아 쪽 펴지 못하는 그의 굵단 손으로 반백이나 되는 머리를 어색하게 슬슬 어루만지며 차마 영실이를 바라보지 못하고 섰다.

"아니유."

"오늘은 꼭 편지가 와얄 텐데 어쩌나!"

그는 애처로이 김 서방을 보았다. 입을 중긋중긋* 하던 김 서방은 눈을 번쩍 떠서 마주 본다. 항상 벙글거리던 그 눈에 웃음이 간 곳 없고 슬픈 빛이 뚝뚝 흘러내린다. 저도 알았구나, 하자 눈물이 핑그르르 돌아 떨어진다. 그는 흐르는 눈물을 씻으려고도 아니하고 눈을 점점 더 크게 떠서 김 서방을 보았다. 얼굴은 캄캄하게 어리우나 왼편으로 깨울히 내려온 흰 수염 끝이 영실의 눈에 가득히 어리운다.

"너무 너무 그렁 마슈."

김 서방은 발끝을 굽어보고 이렇게 말하였다. 김 서방! 하고 힘껏 부르려 했으나 목이 메어 나가지 않았다.

이 병원에서 가장 오랜 연조*를 가진 김 서방과 자신, 가장 가난한 처지에서 헤매는 김 서방과 자기, 그래서 의사와 자기 사이도

---

* 중긋중긋 뾰족하게 솟아나 있는 모양.
* 연조 어떠한 일에 종사한 햇수.

아는 것 같고 역시 오빠의 죽음에 대하여도 누구보다도 이해가 깊은 것을 깨달은 것이다.

밤 9시.

효숙이와 나카가와는 목욕탕에 들어가고 영실만이 츠메쇼에 남아 있어 체온표에다 입원 환자들의 체온과 맥박을 푸르고 붉은 연필로 그리고 있다. 손은 종이 위에서 넘노나 맘은 자꾸만 어수선해 오고 초조했다. 무엇보다도 어머니가 오늘쯤은 어디서 이 소식을 듣고 나한테 쫓아오다가 길에서라도 졸도를 하지 않았는지 하는 불안이 시시각각으로 커가는 때문이다. 마침내 그는 체온표를 철썩 덮어놓았다. 연필이 따르르 떨어진다. 숙직 의사에게 말하고 잠깐 다녀오려니 일일이 사정을 늘어놓아야 할 테고 이해 없는 그들 앞에서 구구한 사정이란 기막힌 노릇이다. 이것들이 웬 목욕을 이리 오래 하누, 하고 층대 쪽을 바라보았다. 아래층 당구장에서는 한참 신이 나서 떠들고 있다.

어쩐지 저들과는 너무나 거리가 먼 곳에 있는 자신이라는 것을 새삼스레 느끼면서 두 손을 볼에 대고 한숨을 푹 쉬었다. 오빠가 사형을……. 거짓말이지. 그럼, 아직 감옥 안에 계시어? 숨이 답답해지고 대답이 나오지 않는다. 내일까지 아무 소식이 없으면 휴가를 맡아가지고 경성 가봐야지, 그래야지 아무려면 오빠가 그리되었을까, 신문에 난 것은 무어야! 그럼 그는 가슴이 오싹해서 일어나 빙빙 돌았다. 시커먼 사형수들의 사진이 얼씬얼씬 나타나고

있다. 참말일까? 그는 주위를 두리두리 살피다가 창 앞으로 왔다. 무의식 간에 창문을 와르르 열고,

"참말일까요?"

허공을 향하여 소리쳤다. 밖에는 아무도 없었다. 그는 따귀나 얻어맞은 것처럼 얼얼하여 우두커니 섰다. 싸늘한 바람이 그의 머리털에 비웃는 듯 조소하는 듯 팔팔 감기고 있다. 어둠을 뚫고 빛나는 전등불이 여기저기 흩어졌고 거기로부터 달려오는 긴 빛이 그의 눈가에 수없이 꽂히어 눈물을 가득히 어리우게 한다. 원장의 집 곁에 간호부 기숙사가 있고 그 옆에 부원장인 외과 의사의 저택이 유난히도 빛나는 전등을 문전에 달고 어둠 속에 뚜렷이 앉아 있다. 필시 지금쯤은 약혼한 계집이 찾아왔겠군, 불시에 이런 생각이 들자 불뚝 치달아 올라오는 질투심에 얼굴이 화끈 달았다. 그는 머리를 설레설레 흔들었다. 그리고 창을 등지고 서버렸다.

영실이, 나는 그대를 떠나서는 한시도 살 수가 없소. 내 손이 가기 전에 그 부드러운 흰 손이 더러운 환부를 깨끗이 씻어주었고, 그래서만이 내 손은 환부를 꼭 집어 알 수가 있소. 그 손! 그 이쁜 손은 영원히 내 것이요.

이러한 한 구절의 편지가 서늘한 바람을 타고 흘러들어 온다. "악마!" 그는 부지중에 중얼거렸다. 그리고 창문을 요란스레 닫아

버렸다. 이번엔 도다나 속의 수없는 기계들이 의사의 손! 영실의 손! 하고 속삭이는 듯하다. 그는 머리를 푹 숙이었다. 의사의 손과 그의 손이 합하면 어떠한 대수술도 무난히 돌파하지 않았던가. 나부죽한° 손톱을 가진 약간 여윈 듯한 의사의 손! 까딱하면 무엇을 요구하는지를 알았고 또한 무슨 기계와 무슨 약을 들려줄 것을 이 손이 알지 않았던가. 그는 얼른 손등을 입에 대었다. 그만 탁 찍어 버리고 싶다.

내가 미쳤나? 그는 당구장에서 일어나는 환성에 깜짝 놀라 머리를 들었다. 지금 어머니는 어떻게 되었는지 모르면서. "영식아! 영식아!" 오빠를 부르는 어머니의 음성이 금방 들리는 듯하다.

"언니 목욕해요."

효숙이와 나카가와는 층계를 올라오며 이렇게 말하였다. 그들의 얼굴은 빨갛게 상기되었고 하얀 손끝에서는 크림 냄새가 솔솔 풍기었다.

"저 나 잠깐만 집에 다녀올게. 병실에서 오거든 웬만하면 선생님께 알리지 말고 둘이서 처리해요. 저기 주사기랑 약이랑 준비다 했으니, 응."

영실이는 도다나를 가리키고 나서 황황히 탈의소로 와서 옷을 갈아입고 층계를 내려 뛰었다. 긴 복도를 지나 병원을 나왔다.

• 나부죽하다 작은 것이 좀 넓고 평평한 듯하다.

밖은 새까맣다. 하늘엔 별들이 싸늘해 있고 이따금 가로등만이 뽀얀 빛을 땅에 던지고 있다. 웬일인지 발길이 풍풍 빠지는 듯하고 다리 마디가 자꾸만 꺾이려고 하였다. 신발 소리만 나면 어머닌가 하여 살피게 되고, 늘 다니던 이 길이건만 어쩐지 처음 가는 골목 같아 한참이나 돌아보곤 하였다. 너무 숨이 차서 가슴을 쥐고 후 하고 숨을 길게 내쉬면 어둠이 새하얀 연기로 변하여 그의 갈한 목에 휘어 감기고 있다.

집에 오니 대문은 걸렸다. 얼른 문 사이로 방문을 살피니 불이 희미하다. 어머니가 계시구나……. 맘이 다소 놓여서 대문을 가만히 붙들고 호 하고 숨을 몰아쉬었다. 아직까지는 어머니가 모르시는 모양이나 내일이라도 누구에게서 듣고 묻는다면 무어라고 대답할까.

"어머님께는 당분간 숨겨다오 누이야!" 그는 부지중에 털썩 주저앉았다. 비록 오빠가 감옥에 있다 할지라도 모든 일을 이리 가르쳐주었는데 이제부터는 누구의 지시를 받나! 우선 어머님께는 뭐라구 하나, 오빠 나는 어찌라우. 그는 발버둥 쳤다. 어젯밤에도 이리 와서 어머니는 차마 만나지 못하고 간 것이다. 어머니만 뵈면 울음이 탁 나가서 아무리 숨기려야 숨길 수 없음을 깨달은 것이다. 그렇다고 언제까지나 어머니를 만나지 않을 수는 도저히 없는 일이고 내가 좀 대담해야지, 좀 더 침착해야지 하고 가만히 일어났다. 대문을 붙들고 어머니! 하고 부르려니 벌써 눈등이 무거워지고 목이 꽉 메어 음성이 나가지 않는다. 그는 눈등을 한 번 부비고 얼결에 대문을 쿵 받았다.

"누구냐!"

어머니의 음성이 흘러나온다. 그는 얼른 몸을 피하려 했으나 울음이 왁 나오면서 픽 쓰러졌다. 아득히 들리는 신발 소리. 그는 혀를 꼭 물고 발딱 일어났다. 이제야말로 정신을 차려서 어머니를 대하지 않으면 안 되리라 하였다. 대문이 삐꺽 열리면서 어머니의 흰옷이 새하얗게 보인다. 그는 아뜩하였으나 두 손에 힘을 주어 울타리를 꼭 붙들고,

"나! 나야 흑!"

말끝에 흑 소리가 턱을 차고 내달린다. 얼른 목을 꼭 쥐어 비틀고 섰노라니,

"서울서 소식 없니!"

하고 어머니는 딸의 곁으로 다가선다. 소르르 건너오는 잎담배 내에 그는 주춤 물러서며 얼굴을 울타리에 돌려대고 힘껏 비볐다. 나무판자 울타리에서 뜨끔 찔리는 볼, 그는 볼에 무엇이 들어박히는 것을 느끼면서도 울음은 자꾸만 쓸어나오려고˙ 한다.

"어젯밤 꿈에 네 오빠가 왔기에 오늘은 무슨 소식이 있는가 해서 아까 기숙사에 갔더니 오늘 네가 당번이 되어 몹시 바쁘다고

˙ 쓸어나오다 '한꺼번에 마구 몰려나오다'라는 뜻의 북한어.

장 간호부가 그냥 가라고 하기에 왔다마는, 소식 없니."

딸의 몸을 어루만지려는 어머니. 비틀하고 어머니에게로 쏠리려는 것을 그는 울타리를 꼭 붙들고 섰으나 자꾸만 쓸어나오는 울음 땜에 견딜 수 없다. 그래서 그는 휙 돌아서 울타리를 붙들고 걸었다.

"이애야, 너 선생님헌테 무슨 꾸지람을 들었니, 왜 그러니."

쫓아오는 어머니에게 그는 아무 말이라도 하여서 안심시켜야 할 것을 느끼었으나 좀처럼 입을 벌릴 수가 없었다. 어머니와 거리가 좀 멀어지자 목을 비틀었던 손을 놓고 입을 벌리고 속을 울었다.

"이애야, 말이나 시원히 하여."

어둠을 뚫고 들리는 어머니의 음성은 애처로웠다. 휘끈 머리를 돌리고,

"어머니 들어가라우."

하고 말을 내놓았으나 그 말은 어머니의 귀에까지 들린 것 같지 않았다. 그는 숨을 몰아쉬고 크게 말을 하였으나 울음이 왁 쓸어나온다. 그는 입을 꼭 다물고 섰다. 귀찮게 흐르는 눈물을 씻고 바라보니 대문 앞에 어머니가 그냥 서 있는 듯 어머니의 흰옷이 잡힐 것 같다.

"어머니, 어쩔까!"

그는 울음 섞어 이렇게 부르자 와락 어머니에게로 달려가는 발길을 억지로 멈추고 걷다가 돌아보면 어머니는 아직도 섰는 듯, 그만

우두커니 섰다. 그러다 어머니가 그를 쫓아 병원으로 오든지 그렇지 않으면 마을이라도 가려나 하는 맘이 자꾸만 들었던 것이다.

그는 살금살금 그의 집을 바라보고 걸었다. 대문 앞에 오니 어머니는 들어가신 듯 아무것도 보이지 않는다. 대문을 더듬더듬 쓸어보고야 다소 안심을 하고 돌아서 걸었다. 한참 오다가 보니 또 어머닌 듯 흰 그림자 어둠 속에 뚜렷하였다. 눈을 아프게 쥐어 당기고 다시 한번 와보리라 하고 뛰어온다. 구두가 자꾸만 엎어지려고 해서 구두를 벗어 들고 그의 대문 앞에 와서 문틈에 눈을 대니 방에는 아까보다 불빛이 환하다. 들어가서 어머니를 안심시킬까 하니 벌써 울음이 다투어 기어 나오므로 그는 눈에 손을 대고 엎어질 듯 돌아섰다.

그가 보통학교 앞에 오니 숨이 차 견딜 수가 없다. 그래 잠깐 멍하니 섰노라니 어둠 속에 시꺼멓게 솟아 있는 중앙학교가 맘에까지 소복이 스며드는 것 같았다. 또다시 가슴이 화끈해지며 오빠와 그가 손을 맞잡고 이 길로 학교 드나들던 것이 어제인 듯 톡 튀어오른다.

노닥노닥 기운 옷에 가방 한 개도 못 가지고 목수건 하나도 없이 어머니가 일본 집에서 얻어 온 구멍이 송송 난 메린스˚ 책보를 들고 그 몇 번이나 오르내렸던고.

* 메린스 모슬린. 얇고 부드럽게 짠 모직물.

어머니는 눈만 뜨면 일터로 가기 때문에 그는 언제나 오빠 옆에 붙어 있었다. 오빠에게서 하나둘을 배웠고 또한 오빠의 등에서 오줌똥을 싼 것이다. 그러다 자라서 이 학교에 다니게 되니 오빠는 언제나 그의 손을 꼭 잡고 교실에까지 바래다주고 그의 교실로 들어가던 것이다. 몸이 아파도 오빠에게 하소연하였고 동무들과 쌈을 하고도 오빠에게 고하였고 장난하다 손끝이 상하여도 오빠의 입술에 호 함을 받았고. 그렇던 오빠! 오빠! 난 어쩌라우, 그는 어린애같이 발을 동동 굴렀다.

어느 날 하학*을 하고 나오니 눈이 와서 성같이 쌓였다. 오빠는 그를 둘러업고 눈 속을 빠져 집으로 온다.

"눈 꼭 감어."

눈 속을 헤엄치는 오빠는 이렇게 말하고 뛰었다. 눈이 얼굴에 부딪치어서는 녹아 얼굴을 쓰라리게 하고 목덜미에 스며들어 꼭꼭 찌른다. 그는 마침내 앙앙 울었다. 집에 오니 어머니는 아직도 안 돌아왔고 눈바람에 문풍지가 다 뜯긴 방 안은 밖보다 더 추운 것 같았다. 오빠는 그의 몸에 눈을 떨어주고 얼굴을 소매로 닦아주면서,

"이제 어머니가 과자 얻어 온다. 울지 말아야."

이렇게 어르면서도 오빠도 쿨쩍쿨쩍 울고 문만 바라본다. 바람

---

* 하학 학교에서 그날의 수업을 마침.

에 문풍지만 울려도 어머닌가, 옆집에서 무슨 소리만 나도 오누이는 달려 일어나,

"어머니."

하고 문을 열어 잡으면 밖에는 눈만 내리고 그는 발악을 하고 어머니를 부르면 오빠는 그를 업고 방 안을 빙빙 돌면서 훌쩍훌쩍 울던 일……. 그는 미친 듯이 일어나 걸었다. 목이 찢어지는 듯 가슴이 막혀서 견딜 수 없었던 것이다. 발길이 느려지면서 이 길 위에 오빠의 신발 자국이 어딘가 남아 있을 것 같아 펄썩 주저앉는다. 휘끈 돌아보니 저편에서 사람이 오므로 화닥닥 일어났다. 꼭 어머니인 듯한 여인이 이리로 온다. 그는 서슴지 않고,

"어머니야."

하고 울면서 쫓아가니 어떤 낯모를 여인이 멈칫멈칫하다가 지나친다. 그 여인이 보이지 않도록 바라보면서, 어머니가 지금쯤은 주무실까, 한 번 더 가보고 싶어서 발길을 돌리니 몸이 비틀하고 꼬이면서 집에까지 갔다가 돌아올 수가 없을 것 같았다. 그는 구두를 신었다. 높이 솟은 병원 창문으로 빨갛게 흘러나오는 불빛을 보고 얼른 손에 든 구두 생각이 났고 맨발이 부끄러웠던 것이다.

기미년 토벌 난에 아버지를 잃어, 또 오빠를 이 모양으로 잃어, 우리 집안은 무슨 못된 운수인가, 그는 돌연 이러한 생각을 하며 병원 현관에 들어서니 병원 안이 떠들썩하였다. 수술 환자가 왔는가 하는 불안이 머리를 아프게 후려치자 두루두루 살피니 저편 수

술실에는 전등불이 환하고 수술복을 입은 의사며 조수들 간호부들까지 한참 분주한 가운데 있다. 어쩌나, 그는 잠깐 망설였으나 급히 위층 츠메쇼로 올라왔다.

"언니! 어서 어서 내려가요, 맹장염 환자가 왔다우, 빨리. 선생님이 자꾸만 부르시어. 우리는 혼났어. 그래서 사실대로 여쭈었더니 아주 성이 났어요, 얼른."

효숙이는 공중* 뛰어와서 영실이를 탈의소로 잡아끌고 일변 옷을 바꾸어 입히느라 색색거린다. 크림 내가 숨결에 따라 몽클몽클 그의 볼에 부딪치고 있다. 그는 맘은 급하지만 몸은 딴 사람의 것 같이 임의로 움직여지지를 않는다. 그래서 효숙이 하는 대로 내맡기었다.

효숙이는 그를 끌고 내려와서 수술실 문을 조용히 열고 등을 밀었다. 방 안은 화끈하고 더운 김이 그의 머리털까지 훈훈히 서리고 있다. 갑자기 그는 현기증이 칵 일어 앞이 아득해지므로 벽을 붙들고 멍하니 섰다.

벌써 환자는 수술대에 높이 뉘어놨고 이불로 푹 덮어 놨으며, 오직 오른편 배만은 장방형으로 나타나게 하였고 그 옆에 의사가 서서 주사를 놓고 있다.

두 사람의 조수가 좌우 옆에 갈라섰고 아래, 위로 간호부가 서

* 공중 '공연히'라는 뜻의 북한어.

195

서 병자를 붙들고 있다. 의사의 바로 옆에 수술복에 새하얀 수건을 쓴 나카가와가 수갑 낀 손에 핀셋을 쥐고 테이블에 늘어놓은 온갖 기계들을 차례로 섬기고 있다. 그 나머지의 간호부들은 세면기에 물을 떠 가지고 간혹 들어온 불나비를 잡느라 쫓아다니고, 혹 의사의 이마에 흐르는 땀이며 조수들의 땀을 씻어주고, 발이 시원해지라 냉수를 시멘트 바닥에 주르르 하고 붓기도 한다. 저편 구석에 환자의 친족인 듯한 사십 가까워 보이는 중년 부인이 눈이 뒤집히어 입을 헤 벌리고 서 있다.

의사는 영실이를 힐끗 보자 눈이 희뜩 올라가고 푸른 입술에 비웃음을 삐죽이 흘린다. 영실이는 이것을 보자 미안하던 맘이 홀랑 달아나고 어디선지 악이 바짝 치달아 온다. 그래서 얼른 세면기 앞으로 와서 브러시로 손을 닦기 시작하였다. 따끔 부딪치는 브러시를 따라 횡횡 돌던 머리가 딱 멈추어지고 맘이 꽁꽁 얼어붙는 것 같았다.

"아구! 아구!"

환자는 외마디 소리를 냅다 지르고 다리를 함부로 내젓는다.

간호부들은 머리와 다리를 꼭 누르니 환자는 더 죽는소리를 내었다. 힐끗 돌아보니 의사는 방금 칼로 피부를 갈라놓았고 흐르는 피 속에 지방이 희뜩희뜩 나타났으며, 혈관을 집은 고히루*가

---

* 고히루 지혈 집게.

두어 개 꽂히어 영실의 눈을 꼭 찌르는 듯하였다. 눈송이 같은 가제가 나카가와의 손에서 의사의 피 묻은 손에 쥐여 있는 핀셋으로 옮아와서 수술처에 들어가자마자 빨갛게 핏덩이가 된다.

영실이는 손을 다 씻고 나서 나카가와의 곁으로 갔다.

"미안하게 되었소."

"이 상!"

나카가와는 머리를 돌린다. 이마엔 구슬땀이 방울방울 맺히었고 얼굴이 빨갛게 되어 영실이를 보자 시원하다는 듯이 핀셋을 내주고 머리를 설렁설렁 들어 땀을 떨구면서 물러났다. 수갑 긴 손에 쥐여지는 이 핀셋! 매끈하고도 듬직한 감을 주며 무엇이나 집고 싶어지는 이 감촉. 손에 기운이 버쩍 나고 흩어진 맘이 바짝 모인다.

눈을 감고라도 이 핀셋만 쥐면 어떠한 기계라도 능란히 섬길 수가 있는 것이다.

"후쿠마쿠칸시(腹膜縋子)!*"

의사는 이렇게 부르고 피 묻은 수갑 긴 손을 내밀다가 힐끔 영실이를 보고 눈이 꺼칠해서 나카가와를 돌아보았다.

"왜 물러났어. 누가 시키는 게야."

소리를 냅다 지르고 영실이가 들어주는 기계를 휙 뿌리치고 나

• 후쿠마쿠칸시 복막 집게.

서 손수 테이블에서 기계를 집어 간다. 나카가와는 울상을 하고 영실의 손에서 핀셋을 빼앗다시피 하여가지고 그를 밀고 테이블 앞에 다가선다.

영원히 그의 손에서 핀셋을 빼앗는 듯한 이 아픔, 손끝에서 짜르르 울리고 뜨끔 찔리어 온 전신에 따갑게 퍼지고 있다. 그는 멍하니 섰다.

의사는 말할 것도 없고 평소에 그를 존경하는 간호부들이며 조수들까지 경멸히 여기는 듯 누구 한 사람 눈여겨보는 이 없다.

그만 울음이 탁 나오려는 것을 혀를 깨물어 참고 의사를 바라보았다. 한참 수술에 열중한 저 의사, 한 손에 칼을 들고 또 한 손에 핀셋을 쥐고 가제를 굴려가며 칼을 움직이는 저 의사, 누구보다도 저를 믿었고 그래서 일생을 의탁하고자 아니했던가.

"아쿠! 아쿠!"

살을 지나 뼈를 할퀴는 듯한 환자의 비명에 그는 얼른 머리를 돌렸다.

환자에게서 툭 튀어 오르는 오빠! 순간 그 비명이 오빠의 음성 같아 온몸이 화딱 달았다. 다음 순간에 착각임을 알았으나 가슴이 뛰고 부르르 떨린다. 그는 얼른 이 방을 나가리라 하고 한 발걸음 옮기었을 때 구역질이 욱 하고 내달린다. 입술을 꼭 물었다. 목이 찢어지는 듯하더니 코로 주먹 같은 무엇이 칵 내달리며 아뜩하여진다. 그 순간 의사가 쥔 칼이 다음에 번득 빛났다.

그 칼이 오빠를 향하여 살대˙같이 날아오는 것을 보았다.

"아이머니! 저놈이 사람을 죽여!"

영실이는 눈을 뒤집고 나는 듯이 의사에게로 달려드니 의사는 얼결에 주춤 물러서다가 발길로 탁 차버렸다. 영실이는 시멘트 바닥에 자빠졌으니 단숨에 일어나 달려든다. 입술과 코가 터져 온 얼굴은 피투성이가 되어버렸다.

"이놈 이놈! 오빠를 죽여. 아구 오빠 오빠, 호호호, 저놈."

간담이 서늘하게 부르짖는다. 방 안은 그제서야 영실이가 미친 것을 알았다. 조수는 달려들어 영실의 손을 낚아챘다.

"김 서방! 이 미친년 끌어내!"

의사는 발을 구르며 호통하였다. 밖에서 수술자를 담아내려고 들것을 준비하던 김 서방은 너무나 큰 소리에 놀라 들것을 든 채 황황히 달려오다가 조수들에게 끌리어 나오는 영실이를 보고 그만 딱 서버렸다.

"미쳤어, 저리 내어가, 내어가."

조수 하나가 급급히 소리치고 나서 영실이를 김 서방에게 맡겨버리고 수술실 문을 쾅 닫아버린다. 벽이 쿵쿵 울린다.

김 서방은 어쩔 줄을 몰라 영실이를 뒤집어 업었다. 영실이, 그는 김 서방을 쥐어뜯고 몸부림친다.

· 살대 '화살대'의 준말.

"이놈, 오빠, 아구 아구 어머니, 양말만 깁지 말고 빨리 나와요, 하하하 저놈이!"

김 서방은 격리 병실로 뛰다가 몇 호실로 가란 말인고 아뜩하여 생각나지 않았다.

이번엔 위층 병실로 뛰어오며 생각하니 역시 아뜩하였다. 그만 다시 수술실 문 앞으로 오다가 그도 모르게 욱 치밀어 오는 감정에 층층 밖으로 뛰어나왔다. 어둡다.

《소금》(심진경 엮고 옮김, 민음사)을 바탕으로
표기와 주석을 추가 및 수정하였음.

작품 이해하기

이 소설은 1937년 《여성》에 발표된 단편소설로, 독립 운동가의 유족들이 절망하고 정신적인 파탄에 이르는 과정을 그리고 있다. 영실은 기미년 토벌 난에 아버지를 잃고, 수술료도 받지 않고 환자를 치료했던 의사 애인의 변심으로 버림받았으며, 주야로 기다리던 오빠마저 잃는다. 오빠는 생지옥을 벗어나기 위하여 투쟁하는 길을 선택한 항일 투사였으나, 결국에는 사형 선고를 받고 영원히 가버린 것이다.

영실은 어머니께 오빠의 죽음을 어떻게 말해야 할지 고민하며 길을 방황하다가, 다시 병원으로 돌아온다. 병원에 도착하자마자 맹장염 환자의 수술을 위해 수술방으로 들어가지만, 의사는 영실이의 자리를 내주지 않고 냉담하게 대한다.

환자를 치료하는 의사의 모습을 보던 영실이는 고통을 호소하는 환자의 목소리에서 오빠의 목소리를 듣게 되고, 의사의 의료용 칼을 오빠를 향해 날아오는 죽음의 칼로 인식하고는 의사에게 달려든다. 결국 영실은 미쳐버린 것이다. 병원에서 쫓겨난 영실은 김 서방의 등에 업혀 어둠 속으로 사라진다.

오빠의 죽음

영실이가 미쳐버리게 된 결정적인 원인은 오빠의 죽음이다. 오빠는 어떤 연유로 사형 집행을 당하게 된 것일까?

<어둠>은 세칭 '간도 공산당 사건'을 증언하고 있는 소설이다. 일제는 한인 공산주의자들의 무장 투쟁을 폭동이라는 죄목을 붙여 토벌하고 많은 사람들을 잡아들인다. 체포된 투사들은 감옥살이를 하다가 형 확정 판결과 함께 전격적으로 사형을 당하게 되는데, 영실의 오빠도 그들 중 한 명이었으리라 짐작된다. 유족들은 신문에서 허무하게 떠나보낸 가족의 얼굴과 이름을 확인하고 고통의 시간을 보내게 된다.

일제의 검열 아래 누구도 감히 말하지 못하고 외면했던 사건을 작품을 통해 증언한다는 점에서 이 소설은 소중한 가치를 갖는다.

어두운 세상

'어둡다.'라는 문장으로 끝을 맺는 소설의 공간은 말 그대로 칠흑같이 어둡다. 생지옥을 벗어나기 위해 투쟁해야 한다는 오빠는 돌아오지 못했고, 오빠가 없는 세상에서 영실은 어떻게 살아가야 할지 갈피를 잡지 못한다. 아들을 잃고 딸마저 미쳐버린 어머니가 겪게 될 고통은 이루 헤아릴 수 없다.

영실의 직장인 병원 또한 짙은 어둠 속이다. 영실의 애인이었던 의사는 영실의 처지를 이해하고 사랑했으며, 가난한 환자에게 치료비를 받지 않고도 열과 성을 다했던 동지였다. 하지만 변화하는 시대적 흐름에 편승한 의사는 영실을 배신하고 다른 여성과 약혼을 해버리며, 험한 환자가 다녀간 뒤 그는 못마땅한 표정을 숨기지 못하는 모습을 보인다.

독립 운동가 가족들은 소중한 가족을 잃은 슬픔과 그럼에도 삶을 살아내야 하는 고통과 더불어, 그들을 둘러싼 인심이 변화하고 결국 배신을 당하는 어두운 세상을 살아가야 했다.

'철망'의 의미

이름으로 눈을 옮기자 신문을 와락 접어 던졌다. 순간 철사로 그를 숨 쉴 수 없이 꽁꽁 동였음을 느낀다. 아무리 벗어날래야 날 수 없는 그런 철망에 감긴 것을……

영실은 자신의 처지를 '철망'에 감긴 것으로 표현한다. 이는 돌파구를 찾을 수 없다는 뜻이며, 개인의 노력으로 어찌할 수 없는 현실의 한계를 보여준다.

세상을 '철망'으로 인식한 영실이가 미쳐버리는 것은 자연스러운 결과라고 할 수 있다. 극복해야 하는 객관적 현실에서 한 개인이 취할 수 있는 태도는 두 가지가 있다. 현실을 바꾸기 위해 행동하거나, 객관 현실을 부정하는 것이다. 영실의 오빠는 현실을 바꾸기 위해 행동했으나 현실의 벽을 뛰어넘지 못하고 죽임을 당한다. 영실은 철망 같은 세상에서, 객관 현실을 부정하는 방향을 선택한다. 그녀에게 오빠는 아직 죽지 않은 것이다. 환자를 오빠로 착각하고, 김 서방의 등에 업혀 오빠를 불러대는 영실의 목소리에는 현실을 부정할 수밖에 없는 그녀의 절규가 담겨 있다.

그럼에도 불구하고

<어둠>을 읽다 보면 자그마한 희망도 허락하지 않는 무자비한 서사에 압도당하고 만다. 작가는 이 소설을 통해 무엇을 말하려 한 것일까?

이 소설은 1인칭 시점으로 느껴질 정도로 영실의 심리 변화에 주목하고 있다. 오빠의 죽음을 받아들여야 하는 상황에서 분노하고, 추억하고, 의심하며, 고민하는 인물의 모습은 당대를 살아갔던 민중의 숨결을 느끼게 한다. 영실에게 삶은 지독히도 꾸준히 밀려 들어온다. 다가오고 또 다가올 뿐인 이 세상에서, 짧은 역사서나 신문 기사로는 도저히 짐작할 수 없는 살아 있는 사람의 목소리는 당대 삶의 총체적인 면을 드러낸다. 시스템이 절대 파악하지 못하는 개별 인간들에게 주목하며, 그럼에도 불구하고 희망이 어디 있는지를 외치고 있는 것이다.

- 영실의 애인이었던 병원 의사가 변심을 하게 된 원인은 무엇일까?

- 오빠가 영실에게 말한 '생지옥'의 의미는 무엇일까?

- 오빠가 죽은 뒤 왜 영실은 살아갈 의지를 잃게 된 것일까?

- 영실이를 업은 김 서방에게 '욱 치밀어 오는 감정'의 정체는 무엇일까?

- 어둠 속으로 사라진 영실과 김 서방은 어떻게 될까?

1906년	황해도 송화에서 가난한 농민의 딸로 태어남.
1911년	아버지 사망 후, 개가한 어머니를 따라 장연으로 이주.
1913년	가족들이 보던 《춘향전》, 《삼국지》, 《옥루몽》 등의 고전소설을 읽으며 한글을 깨치고, 소설가의 꿈을 키우게 됨.
1921년	형부의 도움으로 평양 숭의여학교에 입학. 당시 평양의 진보 조직이었던 〈친목회〉, 〈독서조〉 등에 참가.
1923년	숭의여학교 3학년 재학 중, 동맹휴학에 가담했다는 이유로 퇴학. 이후 서울로 올라와 동덕여학교 3학년에 편입해 1년간 수학함.
1924년	양주동이 주재하던 〈금성〉에 강가마라는 필명으로 시 〈책 한 권〉을 발표. 연말에 장연으로 돌아와 무산 아이들을 위한 '흥풍야학교'를 개설해 학생들을 가르침.
1929년	근우회 장연 지회 활동. 《조선일보》에 독자투고로 평론 〈염상섭 씨의 논설 '명일의 길'을 읽고〉 발표.

1931년	《조선일보》 부인문예란에 단편소설 〈파금〉을 독자투고로 발표. 같은 해 6월 장하일과 결혼 및 간도 이주.
1932년	일본군의 간도 토벌과 개인 사정으로 용정을 떠남. 〈그 여자〉 발표.
1934년	《신가정》에 〈소금〉 발표. 《동아일보》에 〈인간 문제〉 연재.
1936년	《조선일보》에 〈지하촌〉 발표.
1937년	《여성》에 〈어둠〉 발표.
1939년	건강 악화로 인해 장연으로 귀향.
1944년	사망.

강경애를 읽다

1판 1쇄 발행일 2021년 6월 28일

지은이 전국국어교사모임

발행인 김학원
발행처 (주)휴머니스트출판그룹
출판등록 제313-2007-000007호(2007년 1월 5일)
주소 (03991) 서울시 마포구 동교로23길 76(연남동)
전화 02-335-4422 **팩스** 02-334-3427
저자·독자 서비스 humanist@humanistbooks.com
홈페이지 www.humanistbooks.com
유튜브 youtube.com/user/humanistma **포스트** post.naver.com/hmcv
페이스북 facebook.com/hmcv2001 **인스타그램** @humanist_insta

편집책임 문성환 **편집** 김사라 **디자인** 이수빈
용지 화인페이퍼 **인쇄** 청아디앤피 **제본** 정민문화사

ⓒ 전국국어교사모임, 2021

ISBN 979-11-6080-412-6 43810